KB230919

박정규 산문집

변심했던 아내를 기억함

KSI 한국학술정보(주)

책 제목이 좀 통속적일지 모르겠다. 그래도 어쩔 수 없다. 아내가 변심했던 것은 사실이니까. 아예 그 대상에게 All-in했으니까. 그걸 떠올리다가 이렇게 됐다. 내용도 마찬가지다. 읽으며 어쭙잖다고 고개 흔들지 않기만 바란다.

함께 사는 동안 우리는 다른 이들 시샘의 눈길 아랑곳하지 않았다. 잘 먹고 잘 살며 편했다는 뜻이 아니다. 누구 못잖게 지지고 볶았다. 깨지는 소리도 새까맣게 탄 냄새도 났다. 상상 못할 고초도 겪었다. 그러나 신앙과 인생의 본질을 보는 방향성에서는 어긋나지 않았다. 손 꼭 붙들고 있었다. 늘 쓰다듬고 어루만졌다. 이 말을 하려고 단락 첫 부분을 썼다. 우리 부부가 연합해서 살던 날의 역사에 기록돼 있는 사실이다. 서로에게 보여 준 태도가 그랬다. 가끔 덜컥거리면 나는 코 벌름거리며 웃기를 잘했다. 잠시 후에는 아내도 덩달아 깔깔대며 밝아졌다. 어떤 심란한 일에 마주쳐도 환하게 반응하려고 애쓴 사람이었다. 그 태도는 신뢰하기 충분했다. 그런 명랑한 소프라노 웃음소리를 낼 수 있는 사람 많지 않은 듯싶다. 내 복福이었다. 그 리릭 소프라노 발성을 마음껏 감상하며 사는 동안 내 심신은 안정돼 있었다. 먹고 사는 일도 그렇게 심각하거나 고달프게 느껴지지 않았다. 이런 아내였는데, 어느 날 보니 변심해 있었다. 여자는 사랑의 대상이 세월과 함께 변해간다는 사실을 깨닫게 됐다. 허전했다. 엄마일 수밖에 없는 대부분의 여자들이 그렇다고 인정해도 마찬가지였다. 함께 살아온 세월의 흔적은 쌓였다. 그런데 서로를 바라보는 초점이 바뀌어 있었다. 돌출되는 것은 아니었다. 부딪는 것도 아니었다. 자연스러웠다. 내 존재성의 가치가 사라진 것 역시 아니었다. 다만 가치부여의 의미에서 순서가 달라졌다. 묘했다. 그것이 또 아무렇지도 않던 마음이라니.

우리나라 남자들 심리는 이상하다. 책에서도 이런 내용을 읽은 기억이 있다. 아내가 남편을 도외시해도 당연히 여기는 것에 대해서.

무슨 말이냐고? 어느 시점부터 아내는 다른 대상에게 절대적으로 집중한다. 남편은 태연하다. 즉 자기 아들딸들에게 아내의 사랑 뺏기는 것을 당연히 여긴다. 그뿐인가. 오히려 그런 변심에 한 술 더 뜨는 심사는 무엇인지. 이는 끝나는 시점도 없는, 말 그대로의 All-in이며 Forever

인데.

남편은 한 여자의 남자다. 절대적 사랑의 대상이다. 아내의 위치도 같다. 서로의 삶에 절대적 부분을 차지하는 면에서는. 다만 이런 몰두를 끝까지 경험하는 비율은 남자가 훨씬 뒤진다고 했다. 나도 마찬가지였다.

아내의 어머니는 9남매 중 장녀이시다. 슬하에 3녀 1남을 두셨다. 나 또한 장남이며 그분 맏사위이다. 장모께서는 이런 입장과 처지를 알고 계셨다. 당연히 처가댁에서도 군림君臨할 수 있었다. 첫사랑 남자 행세였다. 장모님과 아내와 처제들과 마치 내 친아우 같은 처남의 마음까지 좌지우지했다. 그러나 그것은 아주 잠깐뿐. 큰아이가 태어났다. 내게 향하던 초점이 옮겨졌다. 역시 그들에게는 첫사랑이었다. 외손자로서도 처음, 조카로서도 처음이었다. 아무리 내리사랑이라지만 지나칠 정도의 지극정성이었다. 이 새로운 남자가 뒤집고 기고 서고 뒤뚱뒤뚱 걷는 모습을 보여주자 손뼉을 쳤다. 어느 날부터 이 남자는 눈 맞추며 웃기를 시작했다. 거기에 다들 정신이 나갔다. 하나 둘씩 배운 언어로 호칭을 불러줄 때는 아예 숨이 꼴깍 넘어갔다. 덕분에 내게 쏠리던 발신주파수 감도가 느슨해졌다. 더 편해졌다. 느긋함까지 맛보게 됐다. 그렇게 살기 19년째 되는 해, 아내가 먼저 훌훌, 하늘나라로 날아갔다. 명랑했던 소프라노의 공명共鳴을 남겨 놓았다. 이미 군림의 위치를 확보한 큰아들과 아직 새파란 새싹인 작은놈은 지금도 그 공명에 따라 허밍을 한다. 음색에 그늘은 없다. 늘 All-in하던 사랑의 대가가 이렇게 나타나는 것인지. 고마운 생각 버릴 수 없다. 곁에 없는 사람이지만 기억 떠올리면 정겨움 여전하다.

이런 상념을 모아 적은 글이 책으로 만들어졌다. 섣부른 표현의 감상주의가 될지 모르겠다. 다만 우리는 기독교적 가치관을 바탕으로 가정을 가꾸었다는 것을 말하고 싶다. 이것이 서로 사랑하면서 살아온 삶의 원칙이었다.

1부 첫 번째 글인 '너, 생각하는 사람아' 부분은 내 정체성에 대한 언급이다. 여러 형태로 맺어진 관계성에서 내보인 태도들은 그 다음 단원에 포함시켰다. 2부는 말 그대로 상념의 조각들이다. 아내와의 기억은 3부에 적었다. 아직도 보고 싶은 마음을 편지 형식에 담아봤다.

읽는 동안 고개 끄덕여 주기 바라며 이렇게 쓴다.

천마산자락 오남 둥지에서

박정규

'사람이 보물이다'

손대호(장현교회 담임목사, 설교학 박사)

변심은 누구에게나 있을 수 있지만, 그 행태가 구체적으로 들어나야 '변심'했다는 딱지가 붙습니다. 그런데 이 책에서는 누가 변심했나요? 아내가 정말 변심했을까요? 아닙니다. 변심이라는 말의 차용일 뿐입니다. 보고 싶다는 표현의 변용입니다. 아내에 대한 그리움의 역설적 표현이기도 합니다. 이런 시인의 마음이 시와 산문에 섞여서 내보여지고 있습니다.

추천의 말을 부탁 받고 원고를 읽는 동안 군복무 중인 그의 큰아들 종성이가 첫 번째 휴가를 나와서 예배에 참석했습니다. 눈물이 핑 돌았습니다. '아들에게는 엄마가 최고인데. 특히 휴가 나오는 아들에게는 엄마가 꼭 있어야 하는데.' 이 아들을 위해서 기도하던 중에 떠올린 생각입니다. 만약 지금 만날 수 있었다면 그 엄마의 얼굴과

이 아들의 얼굴이 서로 교차했을 장면도 떠올려졌습니다. 그 둘째 아들 종서의 성장한 모습을 볼 때도 마찬가지입니다. 엄마의 빈자리가 있지만, 그럼에도 늠름하게 자라고 있는 모습을 보면 덩달아서 신납니다.

책에는 자기가 보고 싶은 것을 다른 사람들도 보기 원하는 마음이 묻어납니다. 같이 있고 싶은 아내, 엄마가 있어야 할 자리에 지금은 없는 엄마를 아들의 이름으로 불러보기도 합니다. "여보, 종성이 엄마." 늘 이렇게 아내를 불러보고 싶은데 속으로만 불러야하는 속내를 감추지 못합니다. 지금 저자의 집에는 여자가 하나도 없기 때문입니다. 그 많던 여자들은 어디에 있는지요? 먼저 훌쩍 떠나버린 아내, 여인, 아낙, 김화숙, 그리고 아이들의 엄마!

이 땅에 거하는 가정 중에서 남편을, 아내를, 자녀를 먼저 보낸 분들에게 저자는 말하고 있습니다. 아직 남아 있는 사람들이 보배라고, 보석이라고, 전부라고. 이렇게 외치는 시인의 이 책을 추천합니다. 그리고 세상의 모든 분들이여! 그대들의 보석이 아직 곁에 있습니까? 그렇다면 있을 때 더욱 잘 하십시오.

'눈밭의 한 그루 푸른 솔처럼'

이인수(시인, 한국야쿠르트 고문)

여기 한 사람이 있다. 얼핏 지극히 평범해 뵈는 중년사내다. 평범함이란, 비범함이 넘쳐나는 이 시대에선 그저 길가에서 만나는 흔한 들꽃과도 같다. 그러나 이름 모를 들꽃도 절기에 맞춰 잎을 내고 펴고 꽃대 올려 꽃 피우고 기어이 열매를 맺는다. 그 깊은 까닭이야 누가 알까만 이것이 내가 아는 평범함이다. 이 책의 저자 역시 평범한 시인이다. 필명도 요란하지 않다. 다만 시인이란 '조물주의 특별한 위임을 받은 존재'이며, 시는 '삶의 본질을 향한 진정성 회복을 위한 숨'이라고 생각한다. 그 입증책임을 다하려는 듯 시 쓰기에 게으름을 피우지 않는다. 요즈음 그 시는 사람의 본질파악과, 조물주와의 올바른 소통에 골몰하는 지점에 이르렀다는 것이 시단의 평가다. 두 권의 시집 『별은 아스피린이다』와 『소프라노의 뜰』 그리고 시론집 『박정규의 시 쓰는 이야기』를 읽어보면 그가 예사롭지 않은 탄탄한 시인임을 짐작할 수 있다. 또한 그는 조용한 신앙인이다. '시창'이라는 문학단체의 같은 동인으로, 명색이 친구로 교유하고 있는 나로서도 그 '신실함'은 눈치 채지 못할 때가 많았다. 가끔 주말에 사사로운 약속을 청하면 사람 좋은 웃음으로 거절당한 적도 몇 번 있다. 주일날의 예배 때문이다. 그의 시와 산문을 읽으면 그 내면에 자리 잡고 있는 '그분'의 존재를 헤아리게 된다. 그 크기는 그 삶을 지배할 정도라는 것도 알 수 있다. 그럼에도 사람들 앞에서 신앙인연하지 않는 것은 의도적인 '감춤'이 아니라 천성적인 선비정신에서 기인한 '드러내지 않음'이라고 짐작할 뿐이다. 그는 또 한 가정의 평범한 가장이다. 4년 전까지는 하늘나라로 먼저 떠난 아내의 지아비였고 지금은 그렇게 어머니를 여의게 된 두 아들의 아버지인 사람.

이 책 『변심했던 아내를 기억함』은 부인과 생전에 나누었던 추억들, 아이들의 성장하는 모습, 시 쓰는 이야기, 홀로 남은 외로움을 미주알고주알 아내에게 털어놓는 연애편지이다.

책의 원고를 받고 꼬박 세 차례 읽었다. 처음 읽고 느낀 것은 부끄러움이었다. "나는 이제 남편이라고 불러주는 이가 없다"라고 힘겨워하는 그를 평소에 따뜻하게 손 잡아주지 못했음이 부끄러웠고, 한 여인을 향한 깊이를 가늠할 수 없는 큰사랑이 내게는 없음이 부끄러웠다. 두 번째 읽으면서는 부러웠다. '변심'한 아내가 사랑을 옮긴 대상은 그의 두 아들이다. "살짝 들여다보기만 해도 눈부시다. 자꾸 눈부시다"며 기꺼워하는 이 떳떳한 팔불출이 부러웠고, 그렇게 마음의 보물로 감싸주는 아버지를 가진 두 아들이 부러웠다. 원고를 세 번째 읽고 닫으면서는 자못 경건해졌다. '고난이 다가왔을 때 행동하는 것을 보면 누가 의연하고 푸른 마음을 가진 이였는지 알게 된다. 눈이 와야 비로소 솔이 푸른 줄 아는 것처럼'이라는 말로 비유할 수 있는 올곧은 사람, 그를 만났기 때문이다. 그렇다. 그는 평범하지 않다. 옹골차고 신실한 시인이며, 사랑받던 지아비였으며, 존경받는 아버지이며, 지금의 상황이 눈에 덮여있는 것 같지만 그것도 묵묵히 견뎌내고 있는 푸른 솔 같은 사람이다. 이 가을에는 이처럼 솔향기가 풍겨 나오는, 시인의 살아가는 이야기에 흠뻑 빠져보기를 적극 권하며 이렇게 추천의 말을 전한다.

3부 편지의 형식을 빌린
집착에 관한 보고서

제1부

시인의 시력과 청각

너, 생각하는 사람아

1

자, 이제부터는 삶의 복습이다. 오답 체크를 위한 붉은 볼펜 한 자루, 지우개 외에는 자신에게 요구하지 말자. 정답 작성의 방법 무엇이었는지 깨닫기만을 바라며.

2

식자우환識字憂患이라고 했다. 생각할 줄 아는 사람은 그 마음에 늘 근심이 있을 수밖에 없다는 뜻이다.

성경에 이렇게 말씀하고 있다. "쉬지 말고 기도해라. 범사에 감사하라"(데살로니가전서 5:17−18)

여기 담겨 있는 의미를 나는 다음과 같이 받아들인다.

사람에게는 늘 존재의 연약함과 그 어리석음에 반응하지 않기 위한 근신과 기도가 필요하다는 뜻으로.

기도는 절대적 존재, 즉 창조주와 소통하기 위해서 피조물이 지닌 최상의 수단이다. 삶의 태도 흐트러지지 않기 원하는 이가 제일 먼저 갖출 마음가짐이기도 하다.

범사에 감사하라는 말도 마찬가지다. 유한성을 지닌 이 존재들을 이끌고 돕는 보이지 않는 손길, 그리스도 예수의 은혜가 함께하심을 믿으라는 뜻이다. 그 은혜를 인식해서 감당해야 할 모든 상황을 기꺼워하라는.

3

오랜 신앙생활 경험이라는 것을 기독교적으로 표현하면 간단하다. 일찍 은혜를 체험했고 그것이 이어져 왔다는 뜻이다. 어떤 이들은 어머니 배 속에서부터 모태신앙母胎信仰을 힘입기도 한다.

나 역시 오랜 신앙생활의 경험이 있다. 그것을 떠올려 보면 유년, 소년기를 거쳐서 청년기의 기억이 겹쳐진다. 햇살처럼 따뜻하고 선명한 것들과 쏟아지는 커다란 물방울의 쪼개짐에 휩쓸리게 만들던 것들까지.

아무리 문학적으로 썼다 한들 위 단락의 글은 너무 감상적 표현일까?

굳이 덧붙여본다면, 그 햇살조각처럼 반짝이는 것들은 분명 내게 아름다운 기억이다. 따뜻함, 어루만짐, 서로를 있는 그대로 인정함, 내가 지닌 것을 덜어내서 나누며 맛본 마음의 활달함에 이르기까지. 그런데 나는 이런 것들을 덜컹거리고 적셔지고 흩어지게 만들겠다는 듯 우르릉대던 소리도 겪어봤다. 늘 그것이 문제였다. 그럴 경우 이 사나운 감수성이 복받쳐서 어쩔 줄 몰랐다. 그런 따위로 맑은 것들을 흔들어대던 속내를 즉각적으로 감각했었기 때문이다. 자기과시나 무책임, 아니면 허위나 이기利己 때문에 발동되는 무분별이라는 것을. 내 이상한 감각능력이었다. 그때마다 무찔러버리고 싶어서 견디기 힘들었다. 그래도 잘 견뎌냈다. 덕분에 인지상정에 대한 경험이 많아졌다. 공동체의 문제는 내부에서, 그런 강박관념을 지닌 작자들로부터 발생하는 경우가 많다는 것도 알게 됐다. 당사자들을 교정해주고 싶을 때가 있었지만, 거의 발설하지 않았다. 내 감각에 구체성을 부여하기 싫은 까닭이었다(이것저것 원인을 분석하고 이유를 따지다보면 주관적으로 판단하게 된다). 거기 중언부언重言復言하는 일 또한 낯설었다. 아주 날카로워지던 어떤 날에는 털어놓고 말해준 적도 있긴 하다. 하지만 대부분 그 귓구멍들은 막혀 있었다. 절대 자신의 허위를 인정하지 않았다. 신앙의 부분에서도 습관적 인식이나 고정관념의 틀에 붙들려 있는 이들에게는 어색했겠지. 같잖기도 했을 테고. 내 이런 감각 흔치 않은 것이었으니까. 나는 그 내면의식이 지닌 태도와 이해의 범위를 탓하지 않았다. 내 자의식 역시 일 방성에서 벗어나지 못한다는 것을 알고 있었기 때문이다. 죄성罪性을 지닌 우리 성품이 누구에게 활달한 정신을 요 구할 수 있으리. 당시의 나는 들어도 듣지 못하고, 보아 도 보지 못하는 이들과의 관계성조차 아무렇지 않았다. 인심 쓰듯 그것을 그들의 존재성으로 여길 뿐이었다. 대 상에 대한 무관심이었다. 나 스스로에게도 마찬가지였다. 다시 생각해보지만 존재를 참 제멋대로 대하는 태도였다. 어떤 경우에도 존재들이 움켜진 매듭의 끈을 풀어보려는 일에 관심 없었다. 상대라는 대상뿐 아니라 나 자신에 대 한 무책임이기도 했다. 이제 겨우 알게 된 사실이다.

4

살아오는 동안 늘 목말랐다. 그런 내게 물 한 모금이었 던 것은 무엇이었을까?

낳아주신 어머니였다가, 할머니였다가, 다시 어머니. 그 런데 거기에 왜 자꾸 아내의 얼굴이 겹치는 것인지. 이제 과거완료형이 됐거늘. 말하자면 나는 그런 사랑이 당연한 이들과, 혹은 당연하지 않을 수도 있던 아내에게까지 깊 은 사랑을 받았다. 더 분명한 것은 내가 거기 잘 반응하지 못한 작자였다는 것이다.

　시선은 제법 앞을 향해 있는 척했다. 하지만 초점 맞추는 방식은 늘 뒤의 것에 매달려 있었다. 그렇다고 아쉽지도, 아무렇지도 않았다. 이것은 그냥 눈감고 귀까지 막아버린 환자의 의식구조였나? 아직 낫지 않았다면 어떤 항생제를 복용해야 한담? 다시 연합할 수 있는 아내라는 이름의 그런 약을 이 세상의 세계에서 구할 수는 있으려는지. 처방전 받아드는 일조차 내키지 않게 돼버렸는데. 장석주의 시처럼 「일인분의 고독」에 이미 익숙해졌는지도 모르고.

5

　글을 쓸 때, 관념적이고 추상적인 표현에 더 편해지는 까닭이 무엇인지. 오랜 시간 써왔으면서도 그렇다. 아직도 미숙함 벗어 던지지 못해서일까? 혹시 어떤 쓰라림 끌어안고 그것을 쏟아내기 힘든 강박관념 때문에? 어쩌면 이를 헤아리기조차 싫어하는 게으름일지도 모르겠다. 시를 쓸 때는 이런 것들이 구체적 형상을 갖추고 드러나서 공감대형성을 만들어야 하거늘.

　그런데 뭐야, 지금 주절거린 소리는 그 정도 이론쯤은 알고 있다는 뜻이잖아? 그러면서 아직 일방성에 치우쳐 있다는 말이네? 다시 말하자면 쓰는 일에서도 여전히 제멋대로라는.

쓰다 보니 웃긴다. 그렇지도 못한 작자가 제법 솔직한 척하는 것 같아서. 이제는 염치까지 잊었나?

6

앞에 말한 것처럼 내 삶의 태도에는 작위적作爲的인 것이 많았다. 꼭 광대 짓처럼.

살아오는 동안 내 시선의 초점 어느 곳에 두고 있었는지. 거기 어떤 의미를 부여했던 것인지.

그런 부분들을 생각하다 보면 자신에게 회의懷疑가 생긴다. 외부를 향해서는 말할 것이 없다. 어느 누구, 단 한 사람에게도 내 초점의 방향조차 노출하려 하지 않았으니.

7

정체성 분명한 삶이기를 원했던 것 또한 사실이다. 이런 나를 누군가 헤아리고 닿아본 적 있었을까? 그러나 닿았다는 흔적 느끼기에 늘 둔감했다. 헤아린답시고 넘나드는 것 수용하기는 더욱 어려웠다. 이 태도를 독자적 주체성을 지닌 존재인식으로 여겼다. 외로웠다. 가끔 그 사실이 깨달아지면서도 그랬다. 자신의 한계를 편하게 인정했다면, 만약 그랬다면, 견뎌낼 힘과 위로를 조금 더 얻었을 텐데.

그러려니, 그러려니

詩/ 박정규

마음을 뒤집어봐야겠다
아무리 생각해봐도 그래야겠다
속에 가둬 눌러두려던 것들
한번 흔들어봐야겠다
반듯해 보이려는 매무새
출렁이지 않으려 묶어둔 심사
다 쏟아내야겠다

갇힌 것들 가둬둔들
제멋대로 튀어나오고
눌러둔 것들 눌린들
턱없이 솟구치기도 하니

이 생겨먹기의 터무니없음
그러려니, 그러려니
차라리 마음을 뒤집어버려야겠다

8

인생은 선택의 연속이라고 말한다. 누구나 알고 있다. 한 번 더 결심해본다. 내 지니고 있던 선택의 방법에서 허영의 탈을 벗겨내야겠다고.

옳은 선택은 통찰력과 연결된다. 사물의 본질과 자신이 지닌 존재성의 의미를 꿰뚫어보는 힘을 말한다. 삶이 선택의 연속이라면 선택방법은 내 본질의 규정일 수밖에 없다.

9

한 사람이 변화하면 세상도 변한다고? 맞는 말이다. 그런데 내게는 그런 의지와 인내심 사용의 기능이 미약하다. 밖을 향해서 손가락질하기 잘한다. 차갑게 돌아가는 이 머리는 제법 날카로운 발성을 하도록 지시한다. 마주친 대상들의 아름다운 부분 들여다볼 생각은 도대체 하지 않는다. 마땅치 않으면 투덜댄다. "어휴, 저것들 때문에 내가 못살아" 이런 반응을 나타내는 자신에게조차 화를 낸다. 가슴에서 찰랑이는 따뜻한 소리 무시하기 일쑤라는 것을 알기 때문에 그렇다. 자타를 막론하고 대상을 향한 각박한 심성을 가졌다는 증거다.

언젠가 이런 내 모습에 누가 말했다. 그 또한 성품이 일방적이고 메마른 이기심을 지닌 작자였다. 그 자기주제도 모르는 자가 하는 말은 이랬다. 누구나 다 마찬가지니까 안타까워하지 말라고. 힘 빠진다고. 모처럼 제 정당성을 증명할 기회를 만났다는 표정이었다. 충실한 자의식을 지녔다는 품새였다. 아주 교묘하게 웃었다. 그 자기합리화에 울컥, 구역질이 솟았다. 이래서 문제다. 그 웃음 이면의 허위까지 헤아려지는 이 못된 감수성이라니. 빌어먹을!

사람을 향한 나의 반성은 덤으로 받아들여지는 일이 많다. 그럴 때면 투덜거리기라도 해야 한다. "무슨 저런 게 다 있어."

겉모습 고상하고 그럴듯하게 꾸미기 잘한다. 하지만 내면에 자리잡은 태도는 다르다. 다른 사람 마음에는 무감각한 습관을 당연하게 여긴다. 잠깐 거기에 대한 자각이 생겨서 하는 이 반성은 시늉에 불과할지 모른다. 냄새를 풍길 수밖에 없다. 겹겹이 쌓인 땟국냄새. 그러면서도 관계성에서 속상해하기를 잘하는 이 자의식의 꼬락서니는 어떤 모습일까? 어떻게 형상화돼 있을까? 갑자기 궁금해졌다.

수사반장이라는 제목으로 오래 방영됐던 드라마가 있었다. 종영될 때 "인생이란 마지막이라고 생각할 때가 새로운 시작"이라는, 그런 대사가 있었다고 했다. TV 드라마를 거의 보지 않은 인간이니 정확한지 어떤지는 모르겠다.

꽤 오래된 지인知人이라 할 수 있는 선배시인과 잡다한 이야기를 나누다가 그 말을 들었다. 그러면서 생각했다. 더 늦기 전에 내 자신에게도 다시 물어봐야 한다고. 다른 이들, 특히 이성과의 관계성에서 나는 정말 새로운 시작의 가능성을 차단한 것인가에 대해서. 평소에는 대수롭잖게 여길 일이었다. 그런데 왜 그 말이 스쳐 지나가지 않는 것일까? 덧붙여지는 생각이 있었다. 정녕 내게 구원은 무엇일까?

흔히 후회 않는 인생이란 없다고 말한다. 나 또한 평생 후회를 벗지 못할 것 같은 예감에서는 마찬가지다.

그 사람의 몸을 입고 오신 분은 겟세마네에서 땀이 피처럼 붉어지도록 자기 존재성의 의미에 대해서 고민했다. 미미하게나마 그분의 삶을 생각지 않았다면 어떠했을까? 이 선병질의 감수성과 일방성이 나타나는 삶의 태도, 즉 내가 옳다고 단정 짓기를 잘하는 습관은 볼만했을 것이다.

가관可觀이겠지. 흔히 쓰는 저속한 말로 여전히 지랄, 꼴값 떨며 살고 있을 테니까. 이 오감五感 중에서 특히 시청각 은 곧잘 그 사실을 잊어먹는다. 곤두서기를 잘한다. 딱하 다. 잘 견뎌낼 힘을 주신 이의 고마움을 너무 쉽게 까먹으 니. 아주 제멋대로에 핑계할 변명거리가 많기도 하니.

11

의사소통이 자유로운 관계성은 쉽지 않았다. 닿기 위해 서 많이 헐떡이기도 했는데. 그러나 그렇다고 해서 충실 한 유대관계가 이루어지는 것은 아니라는 사실이 깨달아 졌다.

사람을 향한 내 진정성, 그들에게는 오히려 낯선 것이 었다.

12

사람이 꽃보다 아름답다고 악을 쓰는 그 유행가 듣기 가 지겨웠다. 따라 부르기를 잘했으면서도.

이런 나를 탓하지 않지만 마음에 늘 담아두는 것이 있 다. 겟세마네에서 내려와서, 가야바의 마당을 지나서, 골 고다 언덕길을 따라가 본 기억, 이제는 다들 잊고 사는 것 같은 모습들. 나도 마찬가지이고. 그런 주제에 착각하는 것이 있다. 내가 에클레시아(Ecclesia)의 한 버팀목이라고 여기는 것.

그나마 아주 무분별은 아닌가 보다. 가끔은 등 돌렸던 자신을 돌아본 베드로처럼 내 한계를 떠올리는 것을 보면.

그때마다 깨닫는다. 나는 아름답지 않다. 주님을 외면할 때가 너무 많다. 그 사실에 대해서 심히 통곡할 줄 모른다(마26:75, 눅22:62). 생각하며 울지도 않는다(막14:72). 원하는 대로 먹고 마시고 즐기며 누릴 수 있는, 보암직하고 먹음직한 것에 손 내밀기만 잘한다. 여전히 자신의 의지와 존재성 증명의 일에만 관심이 있다.

이런 내 삶의 태도를 돌이켜 보며 느낀다. 애초부터 이 마음은 존재의 유한성이 갖는 두려움조차 모른 방자한 것이었다. 이 목숨 맡겨 버리면 큰일 나는 줄 알고 있었다.

지금은 분명하게 알게 된 사실이 있다.

나는 그분이 선택해주신 존재라는 것. 그래서 봐주고 있으니 살아가고 있을 뿐이라는 것. 이것을 일컬어 참 놀라우신 은혜라고 한다는 것.

그러니 사람아, 말해야겠다. 이 글을 읽는 그대도 이 은혜의 뜻에 대해서 깊이 생각해볼 수 있기를 바란다고.

아침의 나라로 가서 부르면

詩/ 박정규

이 목숨을 아까워않기로
결단하고 일어서
저기 겟세마네,
그 아침의 나라를 준비하던
곳에 가서 부르면
눈부신 부활의 형상으로
당신은 걸어 나와
기다림의 눈물로
안개 걷어낸 하늘과
사람을 사랑하여 외롭던 가슴
가만히 보여주며
물과 피로 다시 세워진 나라
이천 년 전의 시간 속을
함께 걷자고 말하리

13

생각해본다. 지금 무엇을 추억하는지. 자신에게 무엇을 약속하고 있는지. 딛고 서 있는 자리에서 흔들림은 없는지.

나는 이제 남편이라고 불러주는 이가 없다. 다만 두 아들의 아버지일 뿐이다. 때가 되면 이들은 각자의 아내가 될 사람과 만나게 될 것이다. 그렇게 부부가 연합하면 등 두들겨주며 놔줘야 할, 그때까지 맡겨진 하나님 선물일지니.

그런 생각을 하는 내게 자식들로부터 소외당하는 누군가가 자신의 고독에 대해서 이야기했다. 자식들에게 역할 모델은 제대로 보여주지 못한 사람이었다. 속으로 웃었다. 제법 재력가라는 것을 빌미로 자기 자식들에게 늘 제멋대로 해온 그 감정의 일방성에 대해서. 혹은 무지에 대해서. 자신의 부분을 기어이 인정받고 싶어 하는 어리석은 집착에 대해서. 그래도 훨씬 연상의 분을 혼자 비웃은 것이 미안했다. 그 사람은 그럴 수밖에 없으리라는 새삼스러운 인식도 하게 됐다. 그 삶의 방식은 어찌할 수 없는 것일 테니까.

분별력 있는 아이들이라면 부모의 이런 태도를 아니꼽고 같잖게 여기는 것이 당연하다. 또 새끼들이 어미아비를 그리 생각하게 됐다면 그 관계성은 어처구니없이 변질된 것이겠지.

그 느낌을 지우지 않고 있다. 제 엄마를 먼저 보낸 내 아이들의 결핍을 나도 이렇게 메워보려 했던 적은 없었

는지. 흠칫한 기분이다. 나 또한 아이들을 양육하는 동안
의 태도가 그렇지 않았다는 확신을 어찌할 수 있으리. 다
시 살펴봐야겠다. 새로운 다짐도 해본다. 앞으로 더 깊은
신뢰를 보내리라고. 더 많이 쓰다듬어 줘야겠다고. 때로
는 독립된 인격으로 혼자 설 수 있도록 손 놓는 연습도
시켜야겠다. 이들이 하나님의 사람으로서 자기 정체성을
확립하는 일에서는 더욱 그렇다. 방향성은 제시해줄 것이
다. 그러나 거기 반응하는 방식은 그냥 믿고 맡겨버려야
겠다.

사랑이란 이런 것이 아니겠는가. 믿고 맡기고, 생긴 그
대로가 그 존재성의 가치라고 인정해주는 일.

이 부분의 의식 늘 깨어 있기를 기도한다. 누구나 다
자신의 한계를 지니고 있음도 잊지 말아야 할 일이다. 살
아오는 동안 한쪽으로만 치우쳤던 사실도 너무 자책하지
말아야겠다. 그러다 보면 스스로가 너무 가엾지 않겠는지.

사람의 존재성이 증명되는 것은 보이고 싶은 실루엣을
입증하려는 강박관념이 아니다. 있는 그대로를 내보여주
는 진정성이다. 자신을 있는 그대로 내보여주는 일에는
담대함이 필요하다. 이제야 겨우 알게 된 사실이다. 이것
을 인정하고부터 나는 자신을 용서하기가 쉬워졌다.

14

로마 철학자 세네카가 말했단다. 삶을 배우는 데 일생이 걸린다고. 죽음을 배우는 데도 일생이 걸린다고.

시 쓰는 작자들과 삶과 죽음에 대해서 씨부렁거리다가 소위 말하는 폭탄주를 한잔 들이켜고 내가 말했다. 마치 자랑이나 하듯, 취해서 혼자 잠들어보면 저절로 알게 된다고.

말을 하며 조금 눈물이 나올 것 같았다. 이 허세, 핀잔해줄 이도 없다는 생각이 들어서. 이따위 공허한 이야기를 나누고 있어야 한다는 사실에 대해서. 급히 눈까풀을 깜빡거려야 했다.

그들은 자기들이 삶의 공허와 고독을 잘 안다고 이야기했다. 이미 벌써 전에 훤히 알고 있었단다.

거기에 비춰보면 나는 정말 미숙한 자일까? 이제야 겨우 실제적 고독을 실감할 수 있다니. 전에는 관념일 뿐이었다. 독서를 통해서는 익숙했다. 하지만 헤아릴 필요는 없는 일이었다. 그 자체가 지겨운 것이었다. 구체적 실체는 죽을 때까지 만나지 못할 수도 있었다. 그런데 지금 이것을 어찌어찌 겪고 있다. 이 인식의 체험과 현실의 실상은 받아들이는 이의 주관이라는 것도 알게 됐다. 자세히 설명할 수는 없다. 그러니 그냥 웃어야 했을 뿐인데 또 허세를 부렸다.

뭐, 취해서 혼자 잠들어보면 알게 된다고? 무슨 그따위 말을 자랑이랍시고 지껄였담? 나도 참, 어이가 없다.

15

삶은 보이지 않는 호흡에 의지한다. 이 의미를 받아들이는 것은 각자의 나름이겠지. 내 입장을 이야기해보자면 나는 이제까지의 시간 속에서 이것을 보암직하고 달착지근한 맛과 바꿔 비교하기를 잘했다. 은연중에 습관이 돼버렸다. 그러던 어느 때부터인가. 이 들숨날숨이 탁해져버렸음을 알게 됐다. 급히 심호흡을 해보지만 여의치 않다. 터무니없을 정도로 위축된 심령心靈의 폐활량과 속수무책으로 오염돼 가는 호흡기를 어찌해야 할지.

16

"21세기 문맹자는 글을 읽고 쓸 줄 모르는 사람이 아니다. 학습하고 교정하고 재학습하는 능력이 없는 사람을 말한다."

앨빈 토플러의 글을 읽다가 덜컥, 가슴이 내려앉는 기분이었다.

이 게으름 때문에 그 사람의 아들로 오신 분과 소통하는 길에도 잡초가 무성해진 것은 아닌지. 지금의 절박함 속에서도 기도에 매달릴 줄 모르는 느슨함이라니. 기도를 배웠으나, 그의 나라와 의를 구할 줄은 모른다. 그 뜻에 순응하기를 주춤거린다. 아직도 세상에 대한 미련이 너무 많다. 무슨 마음가짐이 이런가. 그러니 어찌해야 할까. 육체의 일을 앞세워 단절도 대수롭잖게 여기며 찌들어버린 마음의 때 찌꺼기들을. 여전히 곤두서 있는 자의식을. 문맹 따위는 언제든 벗어날 수 있다고 여기는 허영의 강박관념을.

17

잠언箴言으로 들으라.

스스로에게 솔직하지 못한가? 자신의 의지와 바라보는 시선이 방향성에서 어긋날 수 있음도 인정하지 못하는가? 하면, 계속 허상에 손 내밀 수밖에 없느니. 이것의 결말에는 허탈감이 뒤따르리로다. 이런 맛보기는 싫을 것이 당연할 터! 하여 말하노니 사람아, 더 늦기 전에 눈 크게 뜨고 자신을 정직히 들여다봐야 할진저. 생각하고 또 생각하라. 지금 그대가 따라간다고 하는 그분의 모습이 정녕 선명한 것인지. 아니면 보암직하게 들뜬 허상의 실루엣인지.

　예수에게는 아주 그럴듯한 제자가 있었다. 처세에 능했다. 지식이 월등했다. 수數에도 밝았다. 그 공동체의 재정까지 관리할 수 있는 능력을 내보였다. 그러나 민족 해방의 꿈을 지녔던 이 가룟 유다에게 예수는 수단일 뿐이었다. 그 염원念願이 자기 방식으로는 이뤄질 수 없음을 알자 목을 매달아야 했던 그 절망을 누가 알리.

　예수께서는 그 시선의 어긋난 초점을 안타까워하며 말씀하셨다. "가서 네 할 일을 하라." 또 남은 제자들에게 경계의 뜻으로 하신 "그는 차라리 나지 않음만 못하도다."라는 말씀을 제자들은 그때, 제대로 알아듣기는 했던 것일까?

18

　지식으로서의 진리를 아는 사람은 많다. 깨닫는 이는 드물다. 깨달음에는 알게 된 것을 실천하며 끊임없이 개선해 나가겠다는 의지가 포함된다. 혹자는 이것을 도덕적 완성의 길로 가는 길이라고 한다. 나는 이렇게 말하고 싶다. 이것이야말로 그 사람의 아들로 오신 분이 "너는 내 것(羊)"이라며 부르신 것에 응답하는 삶에서의 올바른 태도라고.

얼굴에 주름이 많아졌다. 나이 들어가는 흔적이다. 얼마 전까지는 겉모습의 형태가 제법 괜찮았다고 한다. 부모에게서 받은 유전자 덕분일 것이다. 그러나 내면에 자리잡는 인식은 일그러지기 일쑤였다. 이것이 아직까지도 속을 쿡쿡, 찌른다. 편하게 늙어갈 수 있으면 좋으련만.

아주 젊었던 시절, 좀 특별한 대상과 관계성을 맺었던 적이 있다. 나중에 유명연예인이 됐다. 그때는 이름이 조금씩 알려지기 시작한 탤런트였다. 지금 생각해보니 그 관계성 속에서 익숙해 있는 주제는 안타까움이었다. 내 비록 자기 존재성에서 충실한 긍지를 지녔다 할지언정 성품은 뾰족했다. 더구나 외형적 조건을 말하자면 아마 먼지 같은 존재였으리라. 그런데도 이런 자를 통해서 자기충족감을 채우려 하던 터무니없음에 어찌할 방법이 없었다. 또 나는 이상한 자의식의 소유자였다. 그런 욕심을 거침없이 비웃기도 잘했다. 그 사람은 이런 내 바꿔지지 않던 의식과 여건 때문에 낙심하기 일쑤였다. 그렇다고 이 손을 놓는 것도 아니었다. 가끔은 서로 짜증스러워 하면서도 자기 시선의 방향성을 수정할 뜻은 둘 다 갖지 않았다.

나는 사회에서 말하는 특출한 집안의 자식이 아니었다.

그러나 보통의 가치관을 지닌 자들이 바라보기 쉬운 허상에는 딱한 표정을 지을 수밖에 없는 출신이었다. 오히려 격을 따지는 옛날의 반상구별을 더 친숙하게 여기는 그런 의식구조였다. 다른 말로 비유해본다면, 세상에는 다른 가치관에 헌신한 입장의 사람들이 있다. 그들은 그 위치 때문에 존중받는다. 가르치는 자나 정치인이나 종교 지도자들도 여기 포함된다. 그중에서 누가 그럴듯한 명분을 내세울 때가 있다. 자기 직분을 육체의 욕심 채우는 일에 사용하기 위한 경우다. 그때마다 그 명분의 허위가 내게는 왜 그렇게 선명하게 감각되는 것인지. 그것을 나는 조롱하는 심정이 될 수밖에 없는, 그런 인간이라는 뜻이다. 하, 이는 얼마나 오래된 사유思惟의 습성인지. 여기에 대한 망설임이나 거리낌은 지금도 갖고 있지 않다. 감각도 여전하다. 그 당사자들을 대면할 수만 있다면 이 부분의 거슬림은 언제든지 무찔러버릴 수 있는 무장도 되어 있다. 그런데 여러 우여곡절을 겪으며 살다 보니 이 무기에는 차츰 녹이 슬고, 눈 귀 막을 수도 있게 됐다. 마음은 오히려 편해지고 있다.

하지만 그때는 그랬다. 종교적 입장에서만 보면 나는 마치 근본주의자와 같았다. 다른 가치관을 수용하는 일이 서툴렀다. 누구에게나 늘 한 사람의 이야기를 들려주고 싶었다. 당시 내 생각에는, 그 사람의 아들로 오신 이의 치열했던 삶을 받아들이지 못하는 이들은 정말 이상한 것들이었다. 이야기하는 방법도 그랬다. 단도직입적인 것을 택했다. 군더더기는 생략했다. 부연설명을 자꾸 붙이면 본질이 희미해지는 것을 경험한 다음부터였다. 생각해보니 참 젊을 때였다. 그런 정열이었다. 그러나 인지상정에 대해서는 아직 잘 모르고 있었다. 사람의 본질에 대한 숙고熟考도 모자랐다. 섭리의 분별에 대해서는 더욱 그랬다.

지금은 관계성에 대한 생각이 달라졌다. 나름대로의 경험에서 얻은 깨달음도 생겼다. 그렇더라도 내 입장에 아직 수정되지 않은 부분이 있다. 복음의 증거는 회유가 아니라는 것. 말씀으로 오신 이에 대한 선언이라는 것. 여기에 대한 내 확신은 여전하다. 마치 내 젊은 날, 검도관에서 대련 할 때의 모습과 같을지도 모르겠다. 나는 손목치기나 허리격자 등의 기술에는 흥미가 없었다. 처음 검도를 가르쳐준 숙부의 영향도 있었을 것이다. 꽤 여러 해 수련하면서도 그랬다. 온몸을 내던지며 일도양단一刀兩斷을 향하는, 오직 머리치기의 그 최상단 품새에만 매달렸다. 이 태도는 고쳐지지 않았다. 내 물려받은 유전자의 생겨먹기는 그런 것인지. 이런 내 태도는 그 이야기, 즉 사람의 아들에 대해서 가르치고 설교하는 것을 직업으로 선택하려는 이들에게도 나타났다. 어떤 허술함이 보이면 아주 날카로워졌다. 그 정도 엉성한 품새로는 오히려 세상에 베어지고 말 것이라고 윽박질렀다.

관계를 맺고 있던 그 대상은 이런 태도를 달가워하지 않았다. 내 음성도 잘 듣는 것 같지 않았다. 보암직하거나 먹음직하거나 아니면 달착지근하거나 둥글둥글 그럴듯하기만 바랐다. 그 입맛을 알아차리며 기가 막히고 또 딱했다. 그따위 입맛 맞추는 습관을 키우기는 힘들었다. 이미 형성된 내 의식의 교정이 만만치 않은 때문이기도 했다. 동시에 절망도 같이 깊어졌다. 속에 들어앉는 것은 이상한 습기였다. 겉모습은 여전히 화사하게 보여줬다. 이처럼 잘 결합되지 않는 까닭을 정면으로 들여다보기 꺼려한 시간이 길었다. 서로에게 미련은 많았다. 포기이든 수용이든 결정하지 못해서 늘 시달렸다. 그런 까닭에 내 삶도 방향에서 벗어나 뒤뚱거리기 시작했던 것일까? 이렇게 말한다면 변명이겠지. 지금은 다만, 손 놓지도 붙들지도 못한 세월을 보내온 것도 그럴 수밖에 없는 일이었다고 묵묵히 수긍할 뿐이다.

그나마 아주 낙심하지 않을 수 있던 것은 늘 곁에 있으려던, 아주 작은 소녀일 때부터였는데 방치해두고 있던 사람, 아내의 덕분에 건짐을 받은 심정이 됐기 때문이다.

그 온유함과 진정성으로 말미암아 내가 돌이키게 만들어서 결국은 아내가 되어준 사람.

그렇다. 이제는 그것을 분명히 깨달았다. 사랑이란 오랜 기다림과 헌신의 모습을 나타내 보여 준다. 누구나 알고 있고, 또 자기와 관계성을 맺고 있는 이에 대해서 누구나 할 수 있는 말이겠지.

살아오는 동안 꽤 여러 부류의 사람들을 만났다. 또 사람을 살펴보는 일에서는 제법 세심한 감수성과 균형감을 지녔다고 자부한다. 판단하지 않을 뿐이다. 이를 바탕으로 말해야겠다. 내 아내는 세상에서 흔히 사용하는 잣대의 기준으로 보면 전혀 돋보이지 않았을 것이다. 그러나 여자로서, 아내로서, 이만큼의 가치의 격을 지닌 사람을 나는 보지 못했다. 단 한 사람뿐이다. 폭을 넓혀 보더라도 그렇다. 이 사람이 부부 사이의 관계성에서 보인 태도는 온유함과 오래 참음이었다. 특히 무례히 행치 않음의 힘을 부여받아 소유하고 있었다. 그것을 증명해보이려고 많이 애썼다. 이제 겨우 알게 된 사실이다. 전에는 거기에 대해서 당연하다는 듯, 무심코 지나치기를 잘했다. 하늘나라에 먼저 가면서도 남겨둔 공명이 있다. 그 소리울림은 이 무심한 작자에게 슬픔이 정녕 어떤 것임을 알게 해준다. 그렇다고 이 '데스칸트'는 요란스럽지도 않다.

지금 나는 이 세상의 세계에 혼자 남겨졌다. 하지만 이 육체의 생명이 다하는 날 다시 만날 소망이 있다. 다만 너무 일찍 부부의 연합이 분리됐다는 사실은 슬프다. 이제 나이 들어가고, 이 슬픔 정면으로 돌파해야겠다고 결심해보지만 나는 여전히 뒤뚱거린다. 아내가 그립다.

20

친밀한 후배시인이 말했다. 자신보다 출중한 면을 가진 사람에게는 누구나 다 질투심을 느낀다고. 그 다음이 두려움이란다. 이를 흠모나 존경으로 만드는 것은 대부분 상대의 말투나 눈빛이나 태도에 달려 있다고 했다. 그러면서 내게 물었다. 자신을 같잖게 여기고 있느냐고. 목소리는 담담했다. 그러나 자신의 존재성은 소홀히 여김을 받을 만한 것이 아니라는 자의식이 내포돼 있었다.

그런 질문을 받고 또 그런 느낌이 감지되는 순간 당황됐다. 벗어나기 위해서 우스갯소리를 해야 했다.

"야, 나는 이제 시력도 떨어졌어. 그래서 흘겨보는 것처럼 보여. 그거 싫으면 다음에 선글라스나 하나 선물해라."

"오해하지 마슈. 아주 오래전부터 형이 지닌 그 내면의 식을 존경해왔으니까."

시큰둥한 대꾸였다. 내 변명이 어설픈 비유였음을 훤히

알고 있다는 뜻이었다. 그러면서 덧붙였다.

"하긴, 뭐. 나만큼 박정규를 잘 아는 사람은 드물겠지."

이렇게 말해주는 것이 고마웠다. 무심코 나타나는 내 태도나 눈빛이 그럴지언정 그러나 내가 사람에 대한 세심한 배려의 마음을 지녔다고 인정한다는 뜻이었으니까.

내 생겨먹기가 그렇다. 사나운 감수성의 눈빛을 지니고 태어났다. 가끔 본의 아닌 일로 난처할 때가 있다. 용모가 그렇게 느껴져서일까? 피부가 비교적 희다. 얼굴 윤곽도 반듯한 편이다. 다만 좀 날카로운 기운이 느껴진단다. 게다가 아주 어린 시절 선조부의 집착과 보상심리의 양육에서 형성된 습관 때문일지도 모르겠다. 태도에서 어딘가 모르게 사람 우습게 여기는 느낌을 풍긴다는 소리를 듣기도 한다. 그러나 사실 나는 격의 없고 푼수 같은 기질을 지닌 작자다. 누구에게나 그렇다. 지위고하, 신분의 귀천, 심지어는 배움의 유무식도 별로 따지는 편이 아니다. 내가 만났던 범위이기는 하지만 아무리 잘난 인간이라 할지라도 그 앞에서 기죽었던 기억은 없다. 좀 못났다고 여겨지는 이들 앞에서 꼴값 떠는 따위는 더욱 모른다. 다만 누구를 가르치려는 모습이 무의식적으로 노출됐을 것이라는 걱정은 있다. 이 부분만은 나 스스로도 알고 있는 사실이다.

전에 출석하던 교회에서도 어떤 분이 이 부분을 말했다. 그것이 가끔은 사람을 얕보는 태도로 나타난다고.

그때, 그 말을 듣고 내보인 내 태도가 이상하게 진전된 적이 있다. 웃어버렸으면 됐을 일이었다. 스스로 그렇지 않다고 여길지라도 어쩌면 그것이 사실일 수도 있었으니까. 그런데 왜 그분의 생각은 엉뚱한 비약이라는 느낌이 들었을까? 생각해보면 이상하다. 나는 왜 그렇게 순간적으로 격해졌는지. 교회공동체에서의 직분을 자기 신분의 우월감으로 여긴다는 인식 때문이었을까? 그것을 못마땅해 하다가 터져버린? 훨씬 연배가 높은 분을 거침없이 윽박질러버렸던 기억이 아직도 생생하다.

"그게 바로 장로님의 선입견이라는 겁니다. 사람 다 똑같은데요? 잘나고 못나고 따져서 뭐하겠어요? 예수 잘 믿으신다고요? 여태 행세깨나 하셨겠네요? 똥 조금 묻었다고?"

의외의 말에 낯선 표정을 짓는 이에게 계속했다.

"조금 묻은 놈이나 많이 묻은 놈이나 똥 묻기는 마찬가지임을 아셔야죠. 다만 주님께서 용납하셨다는 것을 알기에 저는 그렇게 태연할 수 있는 것입니다. 그걸 판단하고 손가락질하는 장로님은 똥냄새 덜나서 좋으시겠습니다."

말하고 돌아와서도 마음은 정말 태연했다. 삼십 대 초반을 벗어날 때쯤이니 벌써 이십 년 가까워지는 옛일이다. 물론 지금은 교회에서의 직분이 감당하는 기능의 차이와 그 입장에 대해서 충분히 이해하고 있다. 그러나 당시에는 그게 내가 보일 수 있던 정직한 태도였음을 어찌하리. 지금 생각해보니 정말 미숙한 작자의 모습이었다. 관계성에서는 오히려 내가 더 용납을 모르고 있었다.

그때, 그분은, 그런 무찌름을 당하고 교회당에 혼자 남아서 울더라는 말을 들었다. 분하기도 했을 것이다. 본질의 부분에 대한 거침없는 이야기였다. 반박할 말은 없었겠지. 그러나 사실은 미숙한 자에 대한 안타까움이 더 많아서 울었음이 분명하다. 나 이제는 그것을 안다. 그때도 그분은 유난히 나를 더 사랑한다는 것을 감각하게 해줬었다. 믿음의 형제라는 명분이었다. 아내가 하늘나라로 갔을 때도 오셨다. 내 손을 잡고는 "박 집사, 이를 어쩌면 좋냐." 하며 눈물을 떨어뜨렸다. 그해에 장로의 직에서 은퇴하신다고 했다. 자기도 이제는 "똥 조금 묻은 사람이나 많이 묻은 사람이나 은혜를 힘입으면 똑같다는 것을 실감으로 안다."고 말씀해주셨다. 송구스럽고 부끄러워서였을까? 그 말을 들으며 나는 순간적으로 흐느꼈다. 아직도 연말쯤이면 카드나 연하장에 곁들여서 편지를 보내온다. 아니면 전화라도 한다. 그렇게 오랫동안 연결 끈을 끊지 않은 분이다. 거기 답장을 보내거나 전화를 받는 내 태도는 공손하고 깍듯하다. 곁을 주는 것은 아니다. 사실 전에 보였던 내 그런 태도들은 참으로 방자한 것이었다. 그것을 온유한 방법으로 깨닫게 해주심에 대한 고마움을 간직하고 있을 뿐이다.

이 무심한 자의 태도는 여전하다. 어디에도 마음을 노출하지 않는다. 그냥 가만히 주위의 아주 작은 '데시빌'에 주파수를 맞추려고만 애쓴다. 불현듯 나타나는 태도는 어쩔 수 없다. 그렇더라도 표정은 화사하게 보이려고 늘 정등거린다. 그런데 이런 내 태도가 아직도 혹자의 마음에 그늘 스치게 하는 것일까? 심지어는 내 사랑하는 후배시인의 마음에까지? 그 장로님과의 일이 있은 이후, 사람을 대하는 태도에서 나 그렇게 조심하며 살아왔거늘.

사람은 그 생겨먹기의 어찌할 수 없음에서 벗어나지 못하는 것인지.

21

벌써 한참 된 오래전 이야기다. 집에 있을 때면 아내는 늘 곁에 앉아서 깔깔댔다. 아주 가끔은 내 문장력에 대해서까지 찧고 까불렀다. 내 쓰는 부분까지 넘나들었다는 뜻은 아니다. 그러나 어쩌다 말을 꺼내면 그냥 스쳐지나가지도 않았다.

"자기 문체는 이상하게 튀어, 알지?"

나는 그냥 코웃음 칠 뿐이었다. 딴청을 부렸다.

"그래? 하긴 뭐, 전체를 아울러 반듯하게 정리하는 스타일은 아니지."

"그게 아니라, 읽다 보면 이상한 감수성에 붙들린다니까?"

"그건 아마 집착의 표시 아니겠어?"

"하여튼 낯설 때가 있어. 그게 사람을 덜컥하게 만들고."

그 부분을 생각해보니 조금 놀랍다. 다른 곳에서는 내 보이지 않던 시력을, 그 초점이 닿은 것을 보고 말해줄 수 있던 사람. 내 아내와의 관계성은 그런 것까지 아우르는 것이었다. 전혀 의식하지 않았던 일이다. '네가 뭘 알아.' 하는 마음과 '저게 표시는 안 해도 좀 만만치 않은 데가 있기는 해.' 이런 정도였다. 그런데 돌이켜보면 우리는 매듭의 끈을 서로 움켜쥔, 해체가 어려운 뭉툭한 연합의 부부였다. 이것을 겨우 알게 됐다. 그러나 이제는 닿을 수 없으니 어쩌겠는가? 엊저녁에는 팔짱을 끼고 함께 찍은 사진을 보며 말했다.

"차츰 잠든 기억이 되겠지. 그것까지 나는 각오하고 있어."

말하면서 눈 자주 깜빡여야 했다. 저 하늘나라에서 내려다볼 사람이 간지럼먹일 듯한 표정으로 터뜨릴 말도 연상됐다. 보나마나 이렇게 말했을 것이 분명하다.

"어휴, 하여튼 어지간히 바보야."

22

내 삶의 태도를 지배한 것은 허영심이었다. 열등감의 강박관념이 나타났을지도 모른다. 어리석은 사람처럼 좀 무디게 살았으면 편했을 텐데. 이상한 자의식과 부풀려진 감수성을 놓지 못했다. 거기 시달리느라 고달팠다. 生과 맞대면해서 부딪힐 기회는 슬쩍 외면하기를 잘하면서도 그랬다. 까닭에 아내는 늘 숨 가쁘게 헐떡거렸고, 동동거렸고, 그런 내가 안타까워서 자주 찔끔거려야 했다. 그 헌신은 무조건의 신뢰를 바탕으로 한 것이었다. 이것을 생각하다 보면 거기에 대해서 쓸 수 있게 된 냉정한 문장 하나가 떠올려진다. 이는 내가 참으로 보잘것없는 존재였다는 사실의 증명이라고. 그런데 이상하기도 하지. 그런 보잘것없는 존재로서의 나는 아내와 관계있는 사람들과 만나면 어디론가 사라진다. 혼자 남겨졌을지언정, 벌써 그 초여름이 몇 번 지났건만, 그 사람이 이 세상의 세계에 있었을 때의 남편으로, 맏사위로, 매형으로, 큰 형부로서의 내 존재성은 여전히 기세등등하다. 아이들을 껴안을 때면 장모님과 처남과 처제들의 얼굴에 기꺼움의 모습이 역력하다. 아무렴, 그렇고말고 하는 표정까지 확

연히 나타난다. 이들은 여전히, 무엇이든, 내 새끼들에게
다 퍼준다. 내가 내보이는, 소위 말해서 첫사랑 남자의
꼴값도 아니꼬워하지 않는다. 그 태도는 마음을 따뜻하게
한다. 많이 생각하게 만든다. 이들이 내보이는 모습은 그
리스도의 성품을 닮기 위한 훈련인 것인지. 아니면 믿음
의 부모가 지닌 좋은 영향력에 지배받으며 형성된 습관
일까? 어떻게 그럴 수 있는 것인지 늘 궁금하다.

분명한 것 한 가지는, 아직도 내가 이렇게 풍요롭게 사
랑하는 방식을 배운다는 사실이다. 아내와 관계된 사람들
을 통해서는 시종일관이다. 으쓱댈 줄밖에 모르던 뻔뻔스
러운 자 같으니라고.

23

자기야유 1.

"문학은 모든 예술의 정점에 있다. 그리고 시는 그 문
학의 정점이다."라는 글을 읽은 기억.

누구의 글이었는지 아련한데 읽으며, "암, 그렇지, 그렇
고말고." 끄덕였던 것도 떠오른다.

꼴에, 시를 끼적인답시고.

24

자기야유 2.

시는 언어라는 매체를 통해서 정신적 감응에 호소하는 예술이라며? 시 예술의 참모습은 갈등을 화해로 극복하는 것이라며? 그런데 이 막무가내의 언어 때문에 사람의 심금이 어지럽혀진 것은 누가 책임진담? 그게 화해야? 정신적 감응은 또 뭐람?

25

R. G 몰튼이 말했다.

"창조란 존재의 층계에 무엇인가를 새롭게 보태는 일이다. 시는 거기 새로 보태지는 것으로서 부족함이 없다."라고. 그러면서 이를 행하는 사람은 당연히 시인이라고 정의했다.

이 말에 담긴 의미는 시인이야말로 창조주의 특별한 위임을 받은 존재라는 것이다. 삶의 가치 속에서 새로운 무엇을 늘 창조해내라는 뜻이기도 하다.

그러므로 생각하라. 시인이여, 존재성 자체에서 시인의 삶을 살고자 소망하는 이여. 지금 사물을 바라보는 시선의 초점 어디를 향하고 있는지. 허위와 감정의 사치에서 진정성 회복을 위한 숨(holy spirit) 크게 들이켜고 있는지.

26

불교적 용어이지만, 사람에게는 칠정육욕七情六欲과 희로애락喜怒哀樂의 감정이 있다. 본성의 부분이다. 통제하기 힘들다. 그나마 이를 붙들어 놓을 수 있는 것이 인내다. 오래 참음을 말한다. 자중과 절제도 여기에 포함된다. 배우고 훈련해야만 얻을 수 있다. 자기존재성에 분명한 긍지를 지닌 사람만 실천할 수 있는 일이다.

그 옛날 저 오장원의 전투는 천하의 패권을 결정하는 건곤일척乾坤一擲의 싸움이었다. 그때까지 낭패를 당하던 사마의는 인내의 사람이었다. 둘 다 비범했지만, 제갈량은 그 기질과 감수성에서 예민하고 날카로웠다. 반면에 사마의는 뭉툭한 은인자중隱忍自重이었다. '죽은 공명이 산 중달을 이겼다.'는 말에도 나타난다. 누구나 다 공명이 중달보다 한 수 위였다고 생각한다. 그러나 여기에는 묘한 야유가 담겨 있다. 뻔히 알면서도 사마의는 다급하게 도망쳐 보였다. 상대에게 허장성세가 통했다는 오만방자함을 심었다. 반면에 자신의 병사들에게는 그따위를 반드시 극복하고 말겠다는 자존심 회복의 동기부여를 발생시켰다. 이 허허실실虛虛實實의 흉금胸襟은 살아 있을 때의

공명도 헤아리지 못했다. 이는 굴욕의 상태까지도 참을
줄 아는 습관의 훈련에서 비롯된 것이었다.

오래 참을 줄 안다는 것은 성품의 온유함을 바탕으로
한다. 성경에서도 말씀하고 있다.
"온유한 자는 복이 있나니 저희가 땅을 기업으로 받을
것임이요."(마5:5)
굳이 은유적인 방법을 사용하지 않더라도 땅은 터와
기반을 말한다.
살아가는 동안 부와 권력과 명예, 즉 소유의 축적을 위
해서는 온유함보다 악착같음이, 성취의 목적을 달성하기
위한 약삭빠름이 더 효과적이라고 여길 것이다. 그러나
천만에! 여기에 대해서 누누이 설명할 수는 없다. 나 역
시 온유하지 못한 성품이고 또 내세울 것도 없기 때문이
다. 그러나 한참을 더 살고 겪어서 이 말에 고개 끄덕여
지는 사람도 있으리라는 것은 안다.
온유함은 인내가 바탕이다. 그 마음가짐이 현실과 상황
을 판단해서 참고 기다릴 줄 아는 힘을 갖고 있다는 뜻
이다. 여기에 사람의 본질을 헤아리는 통찰력까지 지녔다
면 이는 인내에 통달했다는 말과 통한다. 이런 심경心鏡
에는 자기긍지 외에 다른 것은 보이지 않는다. 누가 알아

달라거나 수단방법을 가리지 않고 기어이 쟁취해야겠다는
발버둥질의 천박함 따위 역시 비춰지지 않는다. 그러므로
말해야겠다. 사람아, 그대는 이미 장성한 사람이 아닌가.
자기의지 관철을 위한 발버둥질이 사랑스럽게 용납되는
대상은 어린아이들뿐이다. 장성한 자의 억지는 천박하다.
절대 잊지 말아야 할 사실이다. 그대와 나는 은혜의 구속
을 힘입은 피조물이기에 더욱 그렇다. 때문에 우리는 삶
을 바라보는 초점을 아름다움에 맞춰야 한다. 그런 다음
에야 비로소 행복해질 수 있다. 억지로 만들어낸 욕심이
충족된다 한들 평안은 없다. 행복하지 않다. 다시 말하지
만 마음이 장성한 사람은 오래 참을 줄 안다. 이는 스스
로에게도 무례히 행치 않는 힘을 부여받았다는 뜻이기도
하다. 자타를 막론하고 존재를 소중히 여기는 태도를 말
한다. 사랑은 그렇다.

27

　하고 싶은 것을 할 수 있는 것이 자유다. 거기에는 책
임이 따른다. 누구나 알고 있는 말이다. 그러나 이 책임
에 대해서는 아무도 생각하지 않는다. 다시 깨우쳐주고
싶다. 말과 행동을 제멋대로 할 수는 있겠지만, 그 생각
이 천박함에 붙들려 있다면 이미 자유를 잃은 것이다. 그

러니 사람아, 그대는 이를 늘 생각하고 또 생각하라.

28

사랑은, 내 존재가 그의 존재성에 스며들겠다는 뜻을 포함한다. 책임과 헌신의 몸 바침이 수반된다. 그 사람의 아들 예수께서 보여 준 사랑이 그랬다.

29

자기 기준으로 타인을 평가하는 것이 비판이다. 이때의 정의正義는 내가 정한 기준이다. 이의가 제기되면 아예 비난하고 싶다. 자기의 비판에 정당성을 증명하기 위한 전쟁도 두렵지 않다. 상대 역시 마찬가지다. 자기 뜻을 헤아리지 못하는 상대의 비판 따위를 용납할 수 없다. 터무니없는 판단에 자기존재감이 업신여김받았다는 느낌에 사로잡힌다. 맞받아쳐 무찔러버려야겠다고 결심한다. 여기까지 이르면 진정한 의미에서의 소통은 생각할 겨를조차 없다. 자의식 강하다는 인간들의 꼬락서니가 그렇다. 그 정의와 이 존재감은 어떤 진실을 기준으로 하고 있는 것인지.

대제사장 가야바의 마당에 섰을 때, 예수께서는 묵묵하셨을 뿐이다.

질투는 자신감 부족의 영향을 받는다. 성경 베드로전서 2장을 읽다가 더욱 확실해진 생각이다. 사람의 집단에는 늘 시기猜忌가 넘친다는 것을 나는 이미 알고 있었다.

조수미의 노래 「나, 가거든」을 들었다. "나, 슬퍼서 살아야 하네."라는 가사내용에도 슬픈 감정은 생기지 않았다. 그냥 무심하게 참 고운 음색이구나 하는 것만을 생각했다.

이 귀는 여전히 제대로 들을 줄 모른다. 진즉에, 들으며 읽을 수 있었다면, 읽으며 들을 수 있었다면 좋았으련만. 내게 있어서는 이것만이 슬픈 일이다. 내면에 자리잡은 삶의 인식이 그랬다. 감각을 열어놓아야 할 어떤 일에도 무관심하게 반응했다. 이런 사실만 형상화돼 있다. 이 억눌러놓음에도 치유가 필요하다는 것을 인정하지 못했다. 자기기만에 대한 부끄러움은 더욱 몰랐다. 그러던 어느 날, 불현듯 이것을 깨닫게 됐으니. 그 다음부터 나, 비로소 슬프게 살기 시작한다. 다만 내가 귀중한 존재라는 인식을 놓지 않을 뿐이다. 너희들이 감히 나를 헤아릴 수 있으랴, 하는 생각도 버리지 못한다. 이런 의식구조를 그 사람의 아들은 웃으실까? "너도 참 어지간한 작자야." 하시면서? 내가 나를 들여다봐도 터무니없다. 그래도 그분께는 그냥 다 꺼내서 내보여드릴 수밖에 없다. 이게 내 반응의 방법인 걸 어찌하리.

32

엎드려 기도하다가 불현듯, 한 생각에 빠져들었다. 내 삶에서 남은 흔적이 무엇일까에 대해서. 글을 쓴답시고 자서전을 써보기에는 아직 이른 나이. 밖에 보일 것도 없는. 그렇다 한들 내 살아온 흔적을 적는다면 무엇이 기록될까를 생각했다. 그런 상념에 붙들려버렸다. 이 상처의 흔적들을 남겨 놓는 것이 무슨 의미가 있는지. 몇 가지는 말할 수 있겠다. 나는 나를 붙들고 있던 상처를 인정하지 못했다고. 이 자의식은 그것을 노출하기 싫어했다고. 그러나 치유를 간절히 원했던 것이 사실은 더 정직한 말이라고. 때문에 이천 년 전의 시간 속에 사람의 아들로 오신 이의 사랑을 일생 의지할 수밖에 없었다고. 쓰게 되면 그 사랑에 제대로 반응하지 못한 이 방자함 다 노출될 것도 분명하다고.

이 내면을 적나라하게 노출시켜도 아무렇지도 않을, 그런 사람 하나 그립다. 사실은 나, 그 사람의 아들로 오신 분께 다 노출시켰다. 여전히 딴 곳에 한눈팔고 있을 뿐이다. 껍질 뒤집어쓰고 있는 모양새다. 철이 덜든 작자가 분명하다. 지천명의 때를 지났는데도 그렇다. 터무니없는 것 갖겠다고 떼쓰는 아이 같다. 이것을 봐주지 않고 말한다면 여전한 미성숙이라고 한다.

34

이 존재의 본질이 지닌 방자함을 깨달은 어느 날, 그러나 버릴 수 없는 강박관념의 까닭으로 단 삼 행의 시를 쓴 적이 있다.

건배

詩/ 박정규

그러므로 건배!
이제 감싸 안는 습관 따위를 버리는
나를 위하여!

그대에게도 묻고 싶다.

1) 이런 삭막한 마음 상태를 경험한 적 있는지.

2) 극복해냈는지.

3) 아니면, 아직도 이것을 충실한 자의식으로 여기는지.

4) 그러는 동안 취해서 울며 잠들어봤는지.

5) 내면의 또 다른 흐느낌 감지할 수는 있었는지.

6) 여기에 대해 더 중언부언할 필요는 느끼지 않는다. 그러나 분명히 말해둬야겠다. 사람아, 나는 이것을 뛰어넘기까지 아무것도 아랑곳하지 않았다. 본질을 회복하는 일, 우주로 존재하는 자신이 너무도 소중하다는 인식을 버릴 수 없었기에. 그렇다 한들, 그대에게 대답을 강요할 수는 없다. 또한 대답하지 않더라도 이렇게 말해야겠다. 한 사람의 영혼은 온 천하보다 귀한 것이라고. 누구나 익숙하게 알고 있는 말. 그러나 흘려듣기를 잘하는.

7) 나와 어떤 관계성이든 그대는 소중한 의미로 존재한다. 본질회복의 은혜를 힘입은 피조물이기에 그렇다.

8) 나 이제야 겨우 실존(existence)하는 존재의 의미를 알았다. 이는 관념이 아니라 현실로서의 내 감각이다. 오늘은 "사람이 만일 온 천하를 얻고도 제 목숨을 잃으면 무엇이 유익하리요 사람이 무엇을 주고 제 목숨을 바꾸겠느냐"는 마태복음 16장 26절의 말씀을 묵상한다.

35

　사물의 이치는 정해져 있단다. 때가 되면 아무리 벗어나고자 했더라도 해야 할 일은 반드시 해야만 한다는 것. 또 여기에는 늦고 빠름도 없단다. 오랜 독서를 통해서 얻은 내 이지理智와 생각의 분별로는 납득도, 수긍도 힘들다. 그런데 누군가 자꾸 말한다. 이것을 섭리라 한다고. 피조물이 거역해서는 안 되는 부분이라고. 사람의 입술을 통해서 전달하시는 하나님의 뜻을 아직도 모르겠느냐고. 여태 마음 시달리며 살아온 것은 까닭이 있다고. 이제 그만 돌아서라고.

36

　"사랑에겐, 사랑일 수 있었음이 이미 보답이다. 내게 이를 가르쳤음은 당신의 힘"이라고 말하던 이를 기억한다.
　그러나 내게 있어서의 사랑은 정녕 무엇이었을까? 무엇이 남은 것일까?

다섯줄로 정리해보는 자서전

詩/ 박정규

선뜻 끄덕이기 낯선 손짓 몸짓이 컸다는

변심했던 아내를 기억함

비뚤어지지도 못하는 이상한 뒤뚱거림이었다며
그나마 귀도 큰 작자여서
명랑한 소프라노의 발성을 할 수 있었다던
사람의 말이 남았다

얽매임과 매달림 벗기

비가 조금 내렸다. 가느다란 빗방울에 바람이 섞였다. 우두커니 앉아서 바라봤다. 호흡기와 가슴통도 눅눅해지는 것 같았다. 시험을 끝냈다는 큰아이가 들어왔다. 같은 과 선배와 동기 몇이서 영화를 보고 오는 길이라고 했다. 귀에 대주는 이어폰에서 익숙한 노래가 들렸다. 아들이 내 핸드폰에 컬러링 해준 이상은이라는 가수의 '둥글게'라는 곡.

듣다가 문득, 일생을 내 곁에서만 맴돌고 있는 것 같다는 사람 마음이 헤아려졌다. 그 심령 아직 치유되지 않은 것일지 모른다는 생각이 함께했다. 만약 그렇다면 떠돌이 미아처럼 늘 위태롭고 불안하다는 마음 만져주고 싶었다. 내 입장은 그럴 수밖에 없다. 그 가냘픈 심성心性이 왜 자유로워지지 못하는지도 헤아려봐야 했다. 그렇더라도 간직한 그 번민의 무게는 가늠할 수 없는 부분이다. 개인의 영역이다. 내가 개입할 부분은 아니다. 이것도 생각의 틀에 포함시켰다. 그러면서 우리가 함께하는 자리, 그 관계성에서 진정한 자유는 무엇일까를 생각했다.

서로에게 몸을 기대고 있는 것은 아니지만 그러나 다른 대상에게 부여할 수 없는 깊은 신뢰가 있다. 서로의 입장에서는 이것을 실질적 유익이라고 할 수 있는 것일까? 이런 맡겨버림에 아무런 망설임은 없는 것일까? 생각하는 동안 전에 썼던 詩 「겨울나무」와 읽었던 책의 내용이 떠올랐다. 책에는 관계성의 섭리에 대한 전적全的인 신뢰가 있다면 얽매인 모든 상황에서도 자유롭다는, 이때까지의 경험과 내면에서 솟구치던 감성들 따위도 과거시제로 치부할 수 있다는 설득이 담겨 있었다. 상황을 앞에 두고 예민하게 반응하는 느낌은 한쪽으로 치워두라는 것이었다. 사람을 자유롭게 만드는 것은 무엇을 믿는 것이지, 무엇을 느끼는 것은 아니라는 말이기도 했다.

그 사람도 얼마 후에는 책으로 나온 이 글을 읽고, 이 사실을 받아들이게 될까? 상관없다는 생각이 들었다. 위의 말을 인용하여 담아놓는 내 진정성과 가치관이 거기에 동의한다는 사실만큼은 전달될 테니까. 어느 부분에 먼저 가치를 부여할지의 몫은 모두 개인에게 달려 있다는 생각에도 변할 것이 없기에. 이런 관계성의 섭리가 느꺼지기만 한다는 쪽에 고개가 기운다면 가시적 형태로 나타났을 우리 밀착감은 소멸될까? 그렇더라도 거기 존재하던 의미는 소멸되는 것이 아니라는 확신을 갖고 있다. 타자他者가 갖는 기억이 희미해지는 것도, 더욱 선명하게 각인하는 것도 내가 어떻게 할 수 없는 부분이라는 인식이다.

장황한 설명이지만, 이 말에 담겨 있는 관계성의 뜻은 무엇과의 연합이라는 뜻이다. 이를 수용할 수 없다면 무엇과의 분리를 택했다는 뜻이기도 하다. 다른 말로 하면 진정성에 대한 납득이거나 그렇지 않음이라고 할 수 있다. 섭리하는 손길에 대한 전적인 의뢰이거나 외면일 수도 있고.

전에 내가 쓴 시 「겨울나무」에 이런 표현을 썼다.

용서할 수 없어 몸 떨던 그 날도
기대어 몸 비비고 싶었다.

어떤 얽매임에도 자유롭고 싶은 의지를 지녔을지언정, 그때도 내게는 이런 분명한 인식과 납득이 있었다. 거기에도 섭리의 손길은 인정해야 한다는 것.

쓰다 보니 궁금해진다. 생각만으로도 닳아버리는 것이 정말 있을 수 있는지. 누군가는 확신을 가지고 말할지 모르겠다. 나로서는 전혀 자신 없는 부분이다. 피조물의 한계를 인정하게 됐으니까. 그러므로 섣부르게 표현할 수는 없다. 다만 이런 내 인식의 새삼스러움은 들려주고 싶다. 나처럼, 한계를 지닐 수밖에 없는 대상에게 생각까지도 몰두해버린 집착과 절절함에서 좀 자유로워지면 좋겠다고. 오랜 동면에서 일어서게 되면, 그 몸과 마음은 분명 새로운 공기를 하나 가득 가슴에 채우고 싶어질 테니까.

# 해가 바뀌어도 껴안고 있는 애착

엊저녁까지 눈발이 비치다 스러졌다. 내 앞에 지나간 시간들이 거기 오버랩됐다. 또 다가온 한해의 시간들에 대해서 생각했다. 누구나 새로운 다짐을 하고 있겠지만 나는 여전히 집착이 많다는 자각을 했다. 단순해져야겠다는 생각을 버린 것은 아닌데.

지난 한두 해를 돌이켜봤다. 머리 흔들어야 했다. 말하기 싫은 일들 때문이다. 아이들 잠든 다음 혼자 앉아서 술을 조금씩 마시는 일이 많았다는 것도 그중 하나다. 노출하지 않고 불면의 시간을 때우는 방법이었다. 덩달아 책을 읽는 양이 좀 늘었다. 왁자지껄 어울려 공허한 이야기로 소비하는 시간을 줄인 것은 분명하다. 그런데 이것은 오히려 다른 사람을 걱정시키는 일이기도 했다. 큰놈은 이미 알고 있었다. 책을 펼쳐놓고 우두커니 앉아 있으면 가끔씩 농담처럼 말했다.

“시인의 상념이 또 깊어지는구나. 분위기 있어 보일 때도 있지만 청승맞기도 하도다. 그럴 바에야 차라리 한 잔만 드시고 푹 주무시면 좋겠는데.”

읽은 것 중에는 잘 알려져 있지 않은, 그러나 꽤 괜찮은 한소원이라는 이의 시집이 있다. 어느 출판사의 사장이 소개해줘서 일면식一面識만 있는 사람이다. 연말모임을 다녀온 뒤 문득 『아직도 그대의 부재가 궁금하다』는 그 시집 제목이 떠올랐다. 동시에 이런 생각이 따라붙었다. 존재와 부재의 차이는 무엇일까? 편한 관계로 지내는 류기봉 시인에게서 전달받은 시집 『포도눈물』의 표지도 들춰봤다. 그가 사인한 잉크자국을 슬쩍 쓰다듬어 봤다. 포도농사를 지으며 시를 쓰는 그 마음의 진정성이 그대로 전달돼 오는 것 같았다. 그러나 이 마음의 결핍은 이런 느낌들로써 해결되는 것이 아니었다.

어디에나 있고 어디에도 없는, 이 기억 속에 존재하고 있으나 형상은 마주할 수 없다는 아쉬움. 내 가치관 속에 인정하고 있는 다른 공간, 즉 하늘나라 저쪽에 존재하면서 이 마음에도 존재해 있는 사람. 하지만 형체를 쓰다듬을 수 없다는 그런 결핍감 같은 것들.

또 한 번 머리 흔들었다. 공연히 혼자 엉뚱한 트집을

걸었다. 아직도 그대의 부재가 궁금하다는 표제는 너무 노골적 직유라고. 포도눈물이란 제목 역시 훤히 보이는 은유 아니겠느냐고. 물론 시집의 제목을 가지고 그 내용을 재단하려는 의미는 아니었다. 내 시달리는 마음의 상태와 그들은 아무 상관도 없는 사람들이니까.

마음의 교류와 관계성 역시 마찬가지다. 노골적 직유는 불편하다. 또 훤히 보이는 은유는 구차할 수도 있다.

이런 생각을 했다. 내 이름으로 갖게 된 시집의 제목처럼 나는 정녕 아내에게 아스피린 같은 존재였을까? 시집 제목을 『별은 아스피린이다』라고 말해버렸는데 거기에 착각은 없던 것일까? 누구나 알고 있는 그 어린왕자까지 상상 속에 불러들여 봤다. 나는 굴절 없는 시각으로 사람과 사물을 보지 못한다고 말했다. 그러면서 시에 내보이는 이런 태도가 너무 뻔뻔스럽지 않느냐고 물었다. 어린왕자는 대답하지 않았다. 웃기만 했다. 들릴 듯 말듯 한 마디가 전해졌을 뿐이었다.

"당신이 시간 속에서 길들인 것에 대한 책임은 져야 하지 않겠는지."

누군가 웃을지 모르겠다. 괜찮다. 아무렇지 않다. 나 역시 덩달아 머리 흔들면 될 테니까. 우리의 소통과 이해의 범위는 거기까지라고 여기면서.

살아온 방식을 생각해본다. 나는 누구에게도 이해받기를 원하지 않았다. 다만 지금은 내 시가 누군가의 가슴에 가만히 스며들 수 있기만을 바랄 뿐이다. 어찌됐든 이제 새해 새 날부터는 늘 웃는 모습을 간직하고 싶다.

'눈이 와야 솔이 푸른 줄 안다.'
오래전에 받아둔 월간지를 뒤적이다 이런 글을 읽었다는 것은 무료했다는 증거이다.
"눈이 올 때쯤이면 나무에선 잎이 모두 졌을 때이다. 나무마다 앙상한 가지로 서 있다. 하얀 눈을 뒤집어쓰고도 여전히 푸른 잎으로 서 있는 나무는 그제야 돋보인다. 네가 푸른 나무였구나, 비로소 알아보게 된다. 마찬가지로 고난이 오기까지는 그가 누구인지 모르는 법. 고난이 다가왔을 때 그가 어떻게 행동하느냐에 따라 누가 의연하고 푸른 마음을 가진 이였는지를 알게 된다. 눈이 와야 솔이 푸른 줄 비로소 알게 되는 것처럼."

읽으며 고개 끄덕였다. 관계성을 맺고 있는 이들은 서로의 상황과 진정성에 대해서 납득할 수 있어야 한다. 그렇게 되면 속에 푸르게 자리하고 있는 정서도 일치할 수 있다. 일치하는 순간 이런 것들은 가만히 발효하게 되고,

발효한 것들은 또 숙성을 시작하지 않겠는지. 이 숙성된 것들이 넉넉한 향기를 발휘하면 사람의 영혼은 더욱 풍성해질 테고.

그런 인식에 눈길을 주며 반성하는 마음이 들었다. 사람과 사람 사이에서 갖게 된 내 조용한 무관심. 속에 담긴 정서를 시로 표현하지 못해도 아무렇지 않게 여기고 있는 이 마음. 이것은 차마 발효할 수 없는 메마름이 아니다. 은근히 부패되며 비틀리는 황폐함일 수도 있음을 생각했다. 또 한편으로는 내면에서 이런 황폐함 서걱대는 소리 듣기도 싫었다. 그래서였을까? 올해는 속에서 싹을 틔운 것들과 돋아난 정서를 넉넉한 향기로 잘 숙성시킬 수 있기를, 이 마음은 이것들을 잘 발효시켜 줄 수 있는 순전한 누룩이기를, 그런 다음 맑은 언어로 자리잡은 시를 창조해낼 수 있기를 소망해보았다.

어떤 영화를 보다가

— P에게

　잘 지내고 있는지. 해떨어지면서 이곳은 바람이 많이 불었어. 마침 수업이 없는 토요일과 이어진 공휴일. 와서 놀다가 하루 자고 가라는 둘째이모의 성화를 못 이긴 아이들은 거기에 갔지. 나는 혼자 집에 앉아서 영화를 봤고.
　화양연화.
　그 어긋남과 엇갈림의 관계성을 지켜보며 조금 쓸쓸해지더군. 이런 정서에 빠지게 되는 것은 어설픈 감상感傷이겠지. 그렇게 여기려고 했는데 이상한 연상 작용이 생기기 시작하대? 온 집에 불을 다 켰어. 마음이 답답해지는 것을 막을 수 없더라. 이럴 경우에는 재빠르게 벗어나는 방법 만들기를 해야 돼. 습관처럼 밤을 꼬박 지새우지 않기 위해서라도 말이야. 사는 곳에서 가까운 오남리 저수지에 갔지. 이 답답함, 물안개 속에 감춰보려는 것이었어. 그런데 이런, 호수 위에도 제법 바람이 불더군. 안개의 흔적은 얼씬거리지 않게 하려는 것이었을까? 오히려 물결을 출렁거리게 하고 있었어. 하늘을 올려보았지. 마찬가지였어. 잘게 흩어지는 구름. 드물게 맑은 밤하늘. 거기 혼자 서늘한 빛으로 눈썹 세운 채 처연하게 떠 있는 반달. 그 안쓰러운 모습을 바라보며 생각했지.

'꿋꿋하구나. 어디 하소연하지도 않는구나. 광채로 다가오는 것도 아니구나. 하지만 묵묵히 그 자리에 있구나. 그러면서 수많은 비밀을 지켜보는구나.'

동시에, 봤던 영화의 대사를 떠올리며 숨을 크게 들이마셨어.

옛날에는 담아두며 털어놓을 수 없는 마음의 상념과 비밀을 처리하는 방법이 있었대. 우선 산에 올라간대. 커다란 나무를 찾는대. 구멍을 뚫는대. 거기에 자기 마음의 비밀을 토로한대. 그런 다음 진흙으로 막아버린다는, 그런 대사였어. 관계성에 대한 배려가 어떠해야 한다는 것을 아는 사내들이 그랬겠지.

경우는 다르겠지만 이 마음의 비밀을 지켜본 저 달의 마음도 처연해졌을까?

이제는 좀 더 굳건해지려고 해. 더 명랑하게 밝은 모습의 노출이 있어야겠지. 나는 본래 어둡지 않은 사람이었으니까. 그러면서 또 생각했어. 그대 또한 마음이 여린 사람이라는 것과, 그 가슴은 다치기도 덧나기도 잘한다는 것을. 나는 그것을 오래전에 알아버렸지만 잘 내색하지 않던 것도. 그렇더라도 당부해두고 싶었지. 얼어붙어 있는 것들, 삭아가는 것들을 녹이고 싸매주던 태도를 다시 회복해보라고.

이 말의 뜻을 잘 헤아릴 수 있는지.

여기에는 사물을 보는 눈이 내 초점과 일치해서 변화할 수 있기를 바란다는 뜻도 포함돼 있어. 그 사람의 아들로 오신 분의 시선에 방향성을 같이하면서 말이야. 그래야 우리는 관계성에서 충실함을 맛볼 수 있을 테니까. 또 그분의 손을 꼭 붙들고 있어야 한다는 사실도 잊지 말아야 할 테고. 나는 언제까지나 P의 멘토(Mentor)이어야 한다는 인식을 버릴 수 없어서 하는 말이야. 오늘은 여기까지.

내 얼굴과 다른 사람의 얼굴
— P에게 2

이제 완연한 봄이네. 아침, 운전을 하면서 자주 창밖 풍경을 내다봤지. 가만히 내려앉는 안개. 그 사이에 보이는 나뭇가지. 살아 있는 것들이 머금은 물기의 흔적. 그 촉촉한 습기가 이 마음에도 스며들게 하고 싶더군. 차 안에서 혼자 허밍을 다 해봤어. '봄이 오면 산에 들에 진달래 피네, 진달래 피는 곳에 내 마음도 펴' 같은 콧노래. 노랫말처럼 이 마음도 함께 필 수 있으려는지. 물기를 스며들게 할 수 있을지. 메마른 마음 바닥을 들여다보면서 그것도 궁금한 사항의 하나가 되더라.

요즘 나는 읽는 일에 다시 집중하기 시작했어. 왜 그렇게 해야겠다는 생각이 들었을까? 내 글의 바탕이 더욱 충실해지고, 인식은 더욱 숙성되고, 그런 기반에서 발효된

향상된 글을 쓰게 만들고 싶다는 이들의 마음이 투사된 것일까? P도 그중 한 사람이군. 이것은 앞으로 내게 순전純全한 누룩이 될 것이야.

어떤 책을 붙들고 앉았다가 막히면 이것저것 또 다른 책을 펼쳐드는 내 독서습관은 알지? 이렇게 의식을 숨 쉬게 해줘서 막힌 부분을 뚫고 나간다는 것도?

엊저녁에도 마찬가지였어. 김혜순의 시집 『한 잔의 붉은 거울』을 읽는데 생각이 뒤죽박죽 돼버리더군. 오래전에 사다 꽂아놓은 소노 아야코曾野綾子의 산문집을 끄집어냈지. 첫 페이지에 다음과 같은 내용이 적혀 있었어. 가식 없이 소탈하게 써 내렸더군. 관계성에서 편해지는 방법을 모색한 것이라는 느낌이었고.

"친구에게 한 가지 탁월한 면이 있고, 그것을 인정해주는 안목이 서로에게 있다면 우정은 지속된다. 탁월한 면이라고 하면 세상 사람들은 으레 상식적으로 플러스 의미밖에는 생각하지 않는다. 그러나 세상은 아주 복잡하여 수재가 아닌 범인凡人, 협조가 아닌 비협조, 근면이 아닌 게으름, 유복이 아닌 빈곤, 때론 건강이 아닌 질병조차도 그 사람을 완성시키는 힘을 지닌다."

꽃샘추위를 했던 까닭일까? 아침저녁으로는 쌀쌀하네.

그러나 분위기는 정말 봄이로군. 창밖을 내다보면 지나가는 차량들이 보여. 그 차량의 콧잔등에도, 등판에도, 동그란 네 개의 다리에도 부풀어 들뜬 시늉이 가득해. 창문을 열어젖힌 것들도 드물지 않아. 그 안에서는 어떤 음악이 흘러나오고 있을까?

또 허밍을 해보네. 그러면서 말해주고 싶어. 아직도 침잠의 무거운 것을 발걸음에 달고 있다면 부디 명랑한 하루를 만들어 내보라고. 제발 가라앉아 있지 말라고. 나처럼 이렇게 허밍이라도 해보라고. 그래야 또 다음 날 환해질 수 있다고.

그러나 꼭 그런 것만은 아니다

— P에게 3

밖을 한번 내다봐. 세상에는 돋아나오려 하는 것들로 가득해. 여전히 가라앉아 있는 건 아닌지. 이 봄에 설마 그렇지는 않겠지? 만약 그렇더라도 곧 마음을 추스를 수 있으리라고 믿어. 오랜 시간 동안 그 마음이 술렁이었던 것을 알아. 하지만 그 정서를 노출하지 않고 정돈하려 애 썼잖아. 이제 충분히 차분해지면 좋겠어. 내 무심한 태도 에 진저리 치던 일도 도움이 됐을지 모르겠네. 기껏 내 등에 가슴을 대고 허리에 팔을 두르며 했던 말은 "참 바 보 같은 사람이야."뿐이었던가? 그때 나는 "너, 뭐하는 짓 이니?"라는 말만 뱉어냈던가? 돌아보지도 않고 성큼성큼 걸어갔던가? 그런데 내게 그 말을 하고, 또 내게 그 말을 듣고 난 다음부터 우울해졌다니. 활기를 잃은 상태가 됐 다는 것을 알고서 견딜 수 없는 심정이 되더라. 나 또한 감정의 나락을 깊이 경험해봤던 까닭이지. 분명한 것은 우리의 입장은 서로 다르다는 것이야. 그런 밀착의 감정에서 벗어나야 해. 알맞은 심리적 거리가 확보돼야만 우리의 관계성은 더욱 아름다울 수 있거든.

쓰다가 보니 이상한 분위기가 됐네. 가라앉아 있지 말라고 하면서 더 가라앉힌 격이 됐으니. 다른 이야기를 해야겠어. 우리가 지닌 고정관념의 방향을 전환시켜 주는 새로운 이야기. P가 하는 일과도 관련이 있는.

관계성의 의미에 대해서 마음이 푸석거리던 어떤 날 들은 설교야. 내가 출석하는 교회 담임목사님은 늘 사람의 심금心琴을 퉁, 울리는 말씀을 전할 수 있는 분이지. 다른 이들도 물론 마찬가지겠지만 그 울림이 내게는 더 파고들어. 설교의 내용에는 자신이 읽은 도서명을 이야기하는 경우가 많아. 들으며 어? 할 때도 있지. 물론 그 독서량에는 비교할 수 없어. 하지만 나도 그중의 일부는 읽기도 하고, 읽은 내용이 소개될 때도 있어서 하는 말이야. 읽는 것들의 방향성에서 비슷한 것들이 있다는 뜻. 어떤 이들은 이것을 낯설어 하기도 해. 나는 그렇지 않으니 이상하기도 하고. 들으며 피상적 느낌만 갖는 이들과도 달라. 듣는 동안 그 말씀에 대한 선명한 영상이 그려지거든.

외국에서, 몸이 불편한 이들을 배려한 어떤 건축물의 설계공모를 했대. 응모하려는 설계자 중 한 사람은 직접 자신의 몸 한 부분을 묶었대. 눈까지 가린 다음 건물 안을 다녀보기도 했고. 그런 경험을 바탕으로 설계를 했다는군. 또 어떤 이는 이 건축물에 관련된 자료를 영상으로 여러 번 봤대. 그러면서 얻은 결론을 바탕으로 설계를 했대. 또 다른 어떤 이는 그냥 몸이 불편한 이들의 이야기를 많이 들어본 다음 설계를 했고.

과연 어떤 이의 설계가 선택됐을까?

언뜻 생각하기에는, 자신의 몸을 묶고 체험한 사람의 설계가 불편함에 대한 배려를 가장 많이 한 것으로 생각될 것이야. 그렇지? 그 다음은 눈으로 직접 영상자료를 보고 챙긴 이의 것일 테고. 불편함을 어떻게 겪는지 직접 눈으로 살펴봤을 테니까. 그냥 많이 듣기만 한 또 다른 이의 설계에는 불편에 대한 실제적 감각과 차이가 있다는 인식이 있지 않을까? 그런데 말이야. 그 건축물 설계에 가장 합당하다고 채택된 것은 몸을 묶어 직접 불편을 체험한 사람의 것이 아니었대. 영상자료를 통해서 그 불편을 지켜본 사람의 것도 아니었고. 불편을 겪는 사람들의 이야기를 그냥 많이 들었던 사람의 것이었대.

여기에는 심사한 이들의 혜안慧眼이 나타나. 사람이 지

닌 기능 발휘의 본질에 대한 깊은 통찰이라고 할 수 있
지. 다시 말해서 그들은 설계자들의 인식에 커다란 함정
이 있음을 알았다는 뜻이야.

사람은 자기 경험의 범위 안에서만 사고思考하고 반응
한다는 말은 존 듀이(John Dewey, 1859~1952)가 남겼지?

몸을 묶어서 불편을 체험해보려 했던 사람의 뜻은 매
우 가상한 것이야. 직접 겪어보고자 함이었으니까. 그러
나 이는 그뿐일 수밖에 없어. 그렇게 생각하는 것이 냉철
한 인식태도야. 왜냐하면, 묶었던 것을 풀어버리는 순간
부터 이 사람에게는 구애받을 일이 없어지기 때문이지.
잠시 경험했던 그 부분에 대해서 자기의 주관적 견해만
간직할 뿐이거든. 불편한 타자他者의 입장은 엄연히 실재
해. 하지만 이것은 경험으로 얻은 주관적 견해에 차치且
置될 수밖에 없지. 저 에덴에서 추방된 일 이후, 사람에게
이어지는 유전자의 생겨먹기가 그래. 그렇다면 영상자료
를 보면서 얻은 결론으로 설계에 임했던 사람은 어떨까?
마찬가지 아닐까? 영상자료를 눈으로 지켜보면서 그 불편
을 목격하게 됐어. 여기에서도 아, 저런 부분이 불편하겠
구나, 하고 단정하는 주관적 견해가 앞서게 되는 것이야.
까닭이 있어. 감각 중에서 촉각이나 청각보다는 시각의
부분이 더 주관의 지배를 받게 되거든. 사물을 관찰한 느

낌은 눈에 선명하게 인식돼. 그 주관은 절대화될 수밖에 없지.

물론 이 두 사람의 견해에도 납득할 수 있는 부분은 많겠지. 그러나 사람이 갖고 태어나는 특성에서 살펴보면 도저히 벗을 수 없는 굴레가 있어. 바로 일방성에 관한 것. 자신의 주관적 견해를 절대화하는 것. 기독교적 입장에서는 이것도 유전되어 오는 인간 죄성罪性의 한 부분이라고 말해. 여기에도 적용돼. 더구나 이들은 그런 부분의 체험을 몸으로 직접, 혹은 눈으로 확인하기까지 했으니 어떻겠는지. 자기 경험, 자기 감각, 그리고 거기서 얻게 된 자기 인식을 절대화할 수밖에.

나타난 결과는 의외였어. 불편한 다른 이들의 이야기를 많이 들어본 사람의 설계가 채택됐다는 것. 이 사람의 설계가 더 뛰어나다고 여겨진 까닭이 있어. 우선 생각이 자유로웠지. 몸이나 시각의 한정된 범위의 부분적 체험에 매달려 있지 않았거든. 당연히 상상력이 마음껏 발휘될 수 있었어. 어떤 부분의 상상력이었느냐고? 불편한 이들을 배려하는 방향설정에서 편견을 갖지 않음에 힘을 싣는 일. 그렇다 보니 거기에 자기 체험의 주관이 개입되는 일을 훨씬 줄일 수 있었을 것이야. 자기 경험이나 설정해 놓은 주관에 매달리지 않기로 방향을 잡는 일도 비교적

수월했을 테고. 그래서 성경은 "믿음은 들음에서 생겨난
다."고 말하고 있어.

　시 쓰는 일에 있어서도 마찬가지야. 제일 먼저 대상이
말하는 소리에 귀 기울여야 하는 것. 이는 매우 중요해.
대상을 관찰한다는 것은 시각적으로 살펴봄만이 아니거
든. 그 존재의 본질이 발성하는 소리의 뜻을 가늠해내는
것이기도 해. 살펴보기를 잘하면 대상을 이미지로 잘 형
상화해낼 수 있겠지. P가 쓰는 시처럼 말이야. 그런 시를
읽을 때마다 놀라고 있어. 화사하고 그럴듯할 뿐 아니라
보암직하고 환하기 때문이야. 그러나 우리가 쓰는 일에서
한 발자국 더 나아가기 위해서는 꼭 연습해둬야 할 것이
있지. 눈에 보이는 것의 헤아림을 넘어서야 하고, 대상의
내면에서 울리는 소리까지 들을 수 있어야 한다는 것. 여
기에 대한 인식을 새롭게 살려냈으면 좋겠네. 그렇게 해
서 이 인식이 숙성되면 무슨 일이 생길까? 이미 알고 있
는 사실일 텐데? 살펴보는 대상들이 속에서 소곤대는 소
리를 들을 수 있게 되는 일. 이것을 본질파악에 대한 감
수성이라고 한다는 것도. 그렇지? 이미 알고 있었지?
　쓰다가 보니 문득 이 밤에도 봄이 속삭이는 소리를 놓
칠 듯하군. 밖을 내다보며 크게 심호흡해봐야겠어. 여전

히 쓸데없는 일에 관심 갖고 있다고 웃었어? 그래도 오늘
은 귀 쫑긋 세워볼 테야. 만물이 호흡하는 소리를 아주
세심히 들어보기 위해서.

사랑으로 남겨질 기억들

— P에게 4

요즘은 나도 이상해. 마음이 가라앉아 있어. 흔히 사용하는 말로 쳐진다는 느낌은 아니야. 이것이 더 정확한 표현이겠군. 차분해진다는 것. 마음에서 들끓던 몇 개의 뜨거운 것들이 스러지는 느낌.

주변과의 관계성도 정돈이 되는 듯해. 집착과 고집의 부분도 마찬가지야. 내 의지를 억지로 관철시켜보려는 욕심도 대부분 수그러든 것 같고. 이런 모습은 밖으로도 노출되는 것일까? 허물없이 대할 수 있는 이들이 좋아해. 내가 많이 편안해진 것처럼 보인대. 그 이야기 속에는 여러 가지 뜻이 담겼다는 것을 느껴. 이제껏 보여 왔던 내 삶의 태도가 지나치게 뾰족해보였다는 뜻도 포함하는 것이겠지. 분명 내가 안하무인은 아니었어. 그러나 어쩌면 방자하게 보였을지 모른다는 염려는 있네. 또 다른 부분에서 관계성을 맺은, 함께 글을 쓰는 이들은 지금의 나를 어떻게 느끼는지 궁금하지만 또 한편으로는 궁금하지 않기도 해. 함께 시를 쓰고 있다는 그 정서에 대한 믿음 때문이겠지.

이들은 무슨 대단한 필명을 갖지도 않은 이들이야. 또 대단히 좋은 시를 늘 창작해낸다고 할 수도 없어. 그럴지라도 그 따뜻한 시심詩心은 정겨워. 귀하게 여겨져. 내게는 소중하게 다가와 있어. 가끔 짓궂게 그들 중에서 누구의 시를 잘 썼다, 못 썼다, 면박도 줘. 이렇게 저렇게 써보라고 훈수도 하지. 그런데 이들은 얼마나 온유하고 선한 심성을 가진 사람들인지 몰라. 조용히 수긍하기도 하고 적극적으로 반영해보려고도 하니까. 그렇게 사람을 부끄럽게 만들기를 잘하는 사람들이야. 사실 시는 잘 쓴 시, 못 쓴 시가 있는 것이 아니지. 좋은 시와 그렇지 않은 시가 있을 뿐이거든. 이야기는 그렇게 하면서도 나는 엉뚱한 잔소리를 하는 경우가 있었어. 그러니까 문제는 내게 있는 것이지. 심성의 각박함 같은 것. 물론 이런 내용들은 외부로 노출하지 않고 당사자에게만 전하는 것이야. 마땅치 않았다면 받아들이기 힘든 일이었겠지. 쓰는 일을 하는 작자들은 자의식에 매달려 있는 것들이잖아. 그런데도 저들은 내가 하는 이야기를 스스럼없이 들어.

그러니 순수하게 받아주는 이런 심성들을 내가 사랑할
수밖에.

　　抱詩來處 情相合(포시래처 정상합)
　　詩心滿開 絶唱鳴(시심만개 절창명)

시 껴안고 찾아드는 곳에서 따뜻한 마음들이 만난다.
쓰고자 하는 마음들이 활짝 열려 절창의 울림 만들어낸다.

위의 글은 그들에게 생기는 정감을 표의문자로 만들어
본 것이야. 다시 읽어보면서도 괜찮아서 "제법이네?" 하
며 혼자 웃기도 했어.
이런 사람들이 모인 문학동인 시창詩窓에서는 계간지도
발행해. 그 언제인가 발간 축하의 글을 부탁받은 적이 있
어. 그때 썼던 아래 글을 다시 읽어보니 새삼 정겨운 기
분이 드는군. 그래서 거기에 위의 글을 덧붙여봤어.

「詩의 窓 앞에서 불러보는 단풍연가」

가을이군요. 제 사는 동네의 산에도 색깔이 짙어지고
있습니다. 그것을 바라보며 생각했답니다. 시창詩窓이 열
리고……. 그 창문을 통해서 많은 것을 보는 동안 또 한

해가 지나고 있다고. 한 권의 동인지가 또 만들어지고 있다고. 이것은 쓰는 일의 흔적처럼 남아 있을 것이라고.

이렇게 의미를 부여하며 내가 썼던 시, 「단풍연가」를 다시 한 번 불러봅니다.

얼굴 빨갛게 물들였지요 바삭바삭 소리를 내다가 결국은
햇살의 애무에 몸 맡겨버렸답니다

늦은 비 덤볐고
바람이 흔들었어도
그 속삭임은 잊혀지지 않았습니다

겨울 가고 다시 여름이 오면, 푸르러 싱그러운 아이를 낳
으라는 속삭임을 껴안으며 부끄러워서 뺨이 붉어지고 자
꾸만 몸이 부스러졌지요

기꺼웠답니다

11월 1일이 詩의 날이었답니다. 잊고 있었지요. 아니, 의식하지 않았다는 것이 더 정직한 말입니다. 어떤 대단한 의미는 부여하지 않았다는 뜻이기도 합니다. 한편으로는 이런 생각을 했습니다. 내 삶의 가치 속에서 쓰는 일이 차지하는 비중은 얼마나 될까, 또 그 무게는 저울대에

올려놓아도 부끄러움은 없는 것일까, 하고 말입니다.

우리가 이 세상의 세계를 바라보는 시각은 각자가 지니고 있는 창을 통할 수밖에 없겠지요. 개인이 갖게 된 가치체계의 틀과 크기, 넓이, 깊이도 물론 다를 것입니다. 그러할지라도 시의 창을 통해서 바라보는 세상은 어떤 모습으로 그대와 내게 다가오는 것일까요? 정녕 이것을 통해서 바라보는 우리의 시각에 비늘이 끼어 있지는 않을까요? 정직한 투명성으로 세상을 바라보는 것에도 그 방식에는 차이가 있을 것입니다. 다만 나는 이것을 빙자로 한 멋대로의 허위의식에 사로잡혀 있는 것은 혹시 아닐까, 이런 생각으로 가만히 가슴에 손을 대봅니다.

잔뜩 움켜쥐려는 욕심에 붙들렸던 삶이었습니다. 턱없이 달려가려는 일이 많았답니다. 정신없이 취해보기도 했지요. 채워지지 않는다는 핑계로 자신을 아무렇게나 방치한 적도 있습니다. 그러나 곧 머리 흔들었답니다. 그대도 그랬을까요? 말하자면 그렇게 해본들 정신은 자유스러워지지 않았다는 뜻인데요. 거기에서 우리를 건져준 것은 정녕 무엇이었을까요?

새벽, 아파트 맨 위층에서 넘겨다본 뒷산에는 안개가 자욱했습니다. 곧 햇살이 비치면 이것들은 또 순순히 몸

자락을 눕히겠지요. 그것을 바라보며 우리의 시심詩心도 햇살 머금는 것같이 순순하고 선명하게 그 형체를 드러내기 바라는 마음이 들었답니다. 참 좋은 시를 쓸 수 있는 길이 무엇일까를 다시 생각해보기도 했지요. 그대도 이런 인식을 늘 놓지 않으면 좋겠다는 기대를 하면서 말입니다.

이렇게 어쭙잖은 몇 개의 글자로 시창 동인지 발간 축하인사를 대신해봅니다. 쓰는 일에 있어서 그대와 나의 마음에 투명한 맑음이 비쳐졌으면 하는 염원과 함께.

Sacred Music에 관한 단상
— P에게 5

1

그 성가대의 자리에 P가 처음 섰던 날이 생각나. 그 모습에 내 아내는 손뼉을 치며 좋아했지. 마치 팔딱거리는 것 같았어. 지금 생각해봐도 그래. 그만큼 친밀감을 느낀다는, 곁에 있게 되어서 즐겁다는 표시였어. 당시 작은 소녀를 갓 벗어난 얼굴에는 부끄러움의 홍조가 보였던가. 그 모습은 정말 사랑스러운 것이었어. 그러니 정겨운 성품을 지녔던 사람, 내 아내 역시 좋아서 어쩔 줄 몰라 했을 수밖에. 밖에는 눈까지 소담스럽게 내리던 날의 기억.

그때도 나는 시를 쓰고 있었네. 쓰는 일 못지않게 음악을 사랑하는 것은 알고 있었을 테고.

아직도 나는 음악의 본질에 대해서 많이 생각해. 삶의 가치관이 맞물려져 있는 까닭이겠지. 음악, 특히 사람의 목소리를 통해서 만들어지는 음악의 가장 근본적인 존재 이유는 바로 창조주를 영화롭게 찬양하는 것이야. 그런 인식을 갖고 있어. 여기에 부연설명 붙일 필요는 없을 테지. 전에도 누누이 이야기했던 것이니까.

그렇다면 사람을 위한 음악도 거기 포함되느냐고? 이렇게 대답해야겠군. 경우가 다른 부분이라고. 그런 음악은 피조물 중에서 가장 귀한 존재, 즉 인간의 정서를 어루만져주기 위해서 있는 것이라고.

어쩌다가 몇 번 이 부분에서 관점이 다른 이들과 가치 충돌이 일어난 적이 있어. P도 부분적으로는 알고 있던 일이야. 혈기 방장한 젊음의 때, 걷잡지 못하는 열정 때문이었을까? 그때도 내게는 음악의 본질을 확인하는 자세와 태도에서 흔들림 없는 일관성을 유지해왔다는 자부가 있었어. 또 한 가지는, 나와 갈등을 겪었던 이들에게 대한 인식도 한 몫 했지. 자기들의 이름을 위하여 하나님을 이용한다는 명확한 느낌이 있었거든. 하지만 그들은 절대 그 사실을 인정할 줄 몰랐어. 태도도 바뀌지 않았지. 그런 모습을 지켜보면서도 그것을 인정하라고 윽박지를 수는 없었어. 지금은 많이 무뎌졌지만, 내가 꽤 사나운 감수성을 지닌 인간이잖아. 당시의 충돌에서도 그래. 그들의 마음상태가 그냥 느껴졌단 말이야. 그나마 다행인 것이 있어. 내가 지닌 이 못된 감각도 착오를 일으킬 수 있다는 생각. 선입견이 지닐 수 있는 일방적 판단을 경계하는 마음도 들었고. 그런 까닭으로 그들의 그따위 마음가짐을 끝까지 무찔러서 찢어발겨 놓지는 못했네. 하지만 지금도 이 인식에는 변함이 없어. 그들이 내보인 태도는 하나님의 이름을 빙자한 자기존재성 과시에 불과했다고. 그것은 죄야. 제일 큰 죄. 하나님의 이름을 언급하지만, 본질적으로는 전혀 상관없이 여기는 것. 다른 말로 하면 주님을 수단으로 전락시켜 버렸다는 것이야. 지금도 가끔 생각해. 그때 그것을 무찔러 준 다음 그 착오에서 돌이키게 했어야 한다고. 사람 그렇게 쉽게 바뀌지 않는다는 것을 알고 있었을지언정.

나는 시를 써. 또 음악을 사랑해. 하지만 문학이나 음악을 전공한 사람이 아니잖아. 그러면서도 거기 관심을 가진 이들에게 늘 가르치는 태도를 취했어. 쓰는 일에서는 더욱 그래. 내 비록 활자중독자이긴 하지만, 학습으로서의 독서보다는 생활로서의 독서에 익숙한 사람이었기 때문일까? 다행히 큰 오류는 피할 수 있었어. 또 편협하지도 않았고. 말하자면 자기 방식을 절대화하는 착각에서 자유스러울 수 있었다는 것이지. 또한 음악에서도 이런 태도를 가질 수 있는 것은 젊은 시절, 그 교회에서, 몇 년 동안 성가대를 지휘한 경험 때문이라고도 말할 수 있겠네. 지금도 성가대가 찬양하는 음악적 자세와 태도에 대해서는 예민한 반응이 생겨. 지나치다고 할 만큼의 민감함을 버리지 못하고 있어. 찬양으로 드려지는 그 소리의 아름다움에 대한 감수성도 변한 것 같지는 않고.

　이런 것들은 다 지나가버린 시간 속에 있던 외부적 여건들이야. 그런데 이런 모양새들이 속에서 여전히 나를 심란하게 만드는 것은 무엇인지. 성가대 지휘에서 손을 놓은 지는 10여 년도 훨씬 지났잖아. 그러면서도 무심해지지 못하는 이 어처구니없음이 딱하기도 해. 속에서 일어나는 이 반응은 도대체 무엇을 말하는 것인지 생각해봤지.

　첫째가 이를 감당하는 이들의 태도에 문제점이 노출될 때야. 그것을 분명하게 감각할 수 있는 예민함 때문이더라고. 아주 가끔이기는 했지만, 내가 고개 흔들던 것들의 대부분은 교회음악을 담당하는 이들의 자세와 태도에 대한 것이었어. 음악적 기능과 이를 습득하기 위한 노력에서는 그들이 앞섰을까? 그러나 그 마음을 움직이는 동기에 정말 부끄러움이 없는 것인지, 거기에 신뢰를 보내기가 어려운 경우가 있었어. 이를테면 당시 지휘를 하던 나를 객관화시켜 놓고 봐도 마찬가지야. 나는 자기과시의 사심은 갖고 있지 않았어. 은연중에 그런 부분이 나타날 수 있다는 것조차 심각하게 생각해본 적이 없고. 그것을 깨닫고 좀 놀랐던 적이 있지. 당시 독일에서 오르간을 전공하고 온 반주자가 그런 경각심을 일깨워주었는데…… P가 알다시피 어떤 교회 목사님의 따님이기도 했던 분. 지금은 어느 신학대학교의 음악과장이야. 또 우리나라의 오르간 연주자로서는 으뜸이라 할 수 있지. 그 성가대를 2년이 넘도록 반주해줬잖아. 우리나라에서 이런 반주자를 두고 지휘했던 성가대지휘자는 아마 나 외에는 없을 것이야. 그 이후 이분이 다른 교회 성가대 반주를 했다는 소식은 못 들었으니까. 음대교수로 가르치는 일에만 집중할 뿐이니까. 하나님께서 체험하게 하신 귀한 은혜의 기회였다고 생각해. 그때 이분은 내 스스로 경각심을 갖게 했으면서도 음악적 기능에 대해서는 일언반구도 안했어. 은연중에 이것저것 합창단 지휘자가 아닌, 성가대 지휘자로서 꼭 필요한 태도만큼은 습관으로 만들도록 이끌어주던 기억이 남았네. 내 감수성 또한 거기에 민감하게, 기꺼이 반응했던 것도 새삼스럽고. 그중에서 잊히지 않는 것이 있어. 음악적 발성 외에 그들의 내면에서 솟구치는 소리를 잘 분간해서 들어야 한다는 것. 치우치지 않아야 한다는 것. 이것은 교회의 리더라고 할 수 있는 이들도 새겨둬야 할 부분이야. 그런 시간 속에서 나는 합창단 지휘자와 성가대 지휘자가 어떻게 다르다는 인식이 분명해졌지. 아직도 그렇게 많고 많은 성가대 지휘자들이 착각하고 있는 것에 대해서. 그러다가 보니 찬양의 본질에 대한 이야기가 깊었어. 같은 학교로 유학했다가 결혼했다는, 성악을 전공한 그분의 부군과도 마찬가지였지. 그러는 동안 내가 지휘자나 반주자나 성가대에 대한 안목이 얼마만큼 성장했으리라는 것은 상상할 수 있겠지? 나보다 높은 연배였던 그들과는 신앙의 고민을 함께 토로하기도 했네.

그 이후부터 지금까지 여러 지휘자와 반주자들을 만났어. 그들을 겪으면서 그 태도에 교정해주고 싶은 것도 있었지만 표시하지는 않았어. 그것도 절제의 훈련이라는 의미를 스스로에게 부여했기 때문일지 몰라. 내 기질에 대한 성찰이 생겼다는 의미이기도 해. 한번 발설하면 어떤 일이 생겼을 것 같아? 나는 한 번 시작하면 끝내 무찔러서 교정해놔야 하는 못돼먹은 성품이잖아. 그렇다면 거기에 대한 교정 여부를 떠나서 서로에게 상처가 심각하지 않겠어? 그렇지? 아마 틀림없을 것이야.

당시 내 지휘의 태도도 마찬가지였어. 둥글게 끌어안는

것에만 집중했지. 버리지 못하는 의식은 있었어. 음대에
서 성악을 공부했거나 재능을 지닌 독창자들에 대한 것.
이들이 지닌 찬양의 본질에 대한 인식이 정직하지 않으
면 허위의식이 앞설 수 있다는 생각. 성가대에는 하나님
의 이름을 빙자한 인간의 자기과시를 앞세울 공간이 많
을 수 있거든. 그렇더라도 이를 꾸짖지는 않았어. 절대자
앞에서 직분을 감당하고 있는 각 개인들이잖아. 직분을
감당하는 스스로가 책임져야 할 자기실존에 관한 암시만
줬지. 좀 지나치게 돌출하려는 이에게는 개인적인 권면도
했지만. 그러나 지휘자라고 해서 대원들에게 상처 입힐
권리는 없다고 인식하고 있었어. 그렇게 대원들을 존중했
네. 그로 말미암아 아직 젊었던 나 역시 과분하게 존중받
았고. 그러던 어느 날부터였던가. P를 포함한 몇몇 사람
은 내게 멘토링(Mentoring)을 요구하기도 했었군. 지금도
마찬가지지만, 당시는 참 미숙했었거늘.

굳이 음악을 분류해보자면 감상을 위한 음악과 생활하
기 위한 음악, 레크리에이션을 위한 음악 등으로 구분할
수 있어. 특징은 한마디로 사람의 정서에 다가서는, 즉
사람을 위한 음악이라는 것이야.
교회음악의 전문가도 아닌 내가 당시 안타까워하던 것

이 있어. P도 느끼고 있었을까? Gospel Song이 버젓이 예배음악으로 사용되기 시작했다는 것에 대해서. 지금은 아예 예배음악의 주류가 되어버린 경우도 있더군.

이런 시각을 가진 내가 너무 형식에 얽매인 사람이라고 느끼고 있는 것은 아니겠지? 그렇지 않다고 말하고 싶은데.

모든 아름다운 것들은 형식과 내용의 일치가 전제조건이야. 또한 예배행위에서 나타나는 특징을 일컬어 하나님의 이름을 영화롭게 하기 위함이라고 해. 여기에 착오 없음을 전제로 말해본다면, 가장 아름다운 것으로 드려져야만 가장 영화롭게 이름을 높여드릴 수 있어. 만약 인간의 방식 먼저 개입된다면 아름다움에서는 멀어진 것이야. 예배가 흥미로울 수는 있겠지. 심령에 울림을 주기보다는 감각적 정서에 호소할 기회가 더 많이 제공될 테니까. 그러나 그렇기 때문에 거기에 하나님의 임재가 함께할 것이라고 누가 자신 있게 말할 수 있을까? 성경 이사야書에서는 찬미는 '내 것'이라고 분명히 말해. 히브리書에도 찬미는 '제사'라고 기록돼 있고. 그런데 인간의 감각적 정서에 호소하고 그것으로 인간의 마음을 적셔보려는 의도(대중음악에서 흔히, 절대적으로 사용하는 방식, 혹은 형식)를 가진 음악이 하나님을 찬양한다는 명분으로 예배에 태연하게 사용되고 있다니! 이 부분의 옳고 그름을 따지고 싶지는 않군. 다만 이런 음악이 예배의 형식에 일치하느냐, 하는 문제는 고민해봐야 하지 않을까?

예배는 인간의 일방성으로 드려지는 것이 아니야. 하나님께서 정하신 질서에 따라야 하는 것이지. 그래서 예배드리는 마음의 태도를 가리켜 "너희 몸을 거룩한 산 제사로 드리라" "신령과 진정으로 예배"하라고 신약성서 로마서 12장과 요한복음에서는 말씀하고 있어.

2

전에도 내가 이런 이야기를 하면 지루했지? 그래도 집중해서 들어줬지? 이제 여기에 대해서 더 이상 언급하는 것은 내 영역을 넘어서는 일 같군. 이 정도만 해도 그 감수성으로 내 하고픈 말을 충분히 헤아렸을 테니까.

요즘은 내 삶의 태도가 어떠했는지 자주 들여다봐. 나는 기독교인으로서의 정체성을 분명히 하고 싶었어. 그런 소망이었지. 안타까운 것은 의지가 잘 반응하지 못했다는 사실이야. 사려분별도 갖추지 못한 어릴 때부터 교회당에 나가서 예배드릴 수 있었어. P도 같은 입장이군. 그러나 정직하게 말한다면 그런 은혜를 힘입었으면서도 기독교인으로서의 내 생활태도는 엉터리였지. 먹고 마시는 일에 있어서는 전혀 구애받지 않았네. 이런 내 영향을 많이 받았던가? 미안하고, 부끄럽기도 해. 그렇더라도 우리의 신앙정체성이 흔들리지 않았다는 것과 뒤뚱거렸을지언정, 나를 통해서 그런 확신을 확인하곤 했다는 말이 늘 고마웠어.

이런 일도 생각나네. P가 공부를 다 마치고 직장에서의 일을 두서너 해 경험했을 즈음이었던가? 둘이 취해서 내 아내에게 전화했다가 혼났던 적이 있지? 결혼할 나이가 꽉 찬 처녀를 막 끌고 다니는 생각 없는 작자라고. 또 아무 데나 막 따라다니는 철딱서니 없는 것이라고. 그렇게 믿고 허물없이 지내면서 내 아내와 P와 나의 관계성은 즐거운 것이었어. 내 생각은 그래. 웃는 동안에도 더 닿으면 안 된다는 그 내면은 고달팠겠지. 주님을 외면하고 곁길로 갈 수는 없었을 테니까. 나는 밖으로 표시하지 못하는 그 마음을 알고 있었어. 내 아내도 마찬가지였고. 아주 가끔은 "걔, 어쩌면 좋지?" 이런 말도 했으니까. 그렇다고 물리치거나 경계하지도 않았어. 그만큼 믿었다는 뜻이기도 해. 나 혼자서만 난처했지. 하지만 이제는 나이 들어서 편히 할 수 있는 이야기가 됐네. 한 가지 더 이야기해줄게. 내가 반응하는 태도에 늘 아쉬움을 느꼈지? 이것만큼은 알아줬으면 좋겠어. 나는 그런 사람일 수밖에 없었다는 것. 무슨 고상한 가치관을 지녔기 때문이 아니야. 인간적으로 무심한 종자라는 뜻이지. 아내는 내가 그런 인간이라는 것을 알고 있었어. 게다가 나는 그런 태도를 훈련받은 자가 지닌 의지의 사용으로 알고 있었거든. 그나마 다행이기도 하네. 이런 습관들 때문에 출렁거릴 때 있어도 넘치지는 않았으니까. 다시 말해두지만 이 삭막함이 바로 내 정체성이야. 앞으로의 관계성에서도 그렇게 알고 있도록.

나는 이렇게 외부에서의 반응에 별 의미를 두지 않는 차가운 작자로 살았어. 내 뜻만 돌출하는 것조차 태연하게 여겼고. 사람 마음에는 의지로 어찌할 수 없는 부분이 있다는 것도 잘 인정하지 못했지. 내 아내는 이를 자의식의 교만이라고 했어. 그때 나는 동의하지 않았지만, 이제는 그것이 착각이었다는 것을 인정할 수밖에 없네. 그러면서도 교회학교에서 가르치는 일, 가르치는 교사들을 응원하는 일 그리고 성가대원으로서 교회를 섬겨왔군.

다시 생각해봐도 그 사람의 아들의 이름으로 오신 분과의 관계성에 흔들림이 없었음은 참 감사한 일이야. 겉으로는 아무 거리낌도 없는 태도였어. 하지만 내면의 냉정함을 비교적 잘 유지할 수 있던 것은 붙들어주심의 큰 은혜라고 생각해.

요즘은 가끔 이런 생각이 들어. 나는 쓰는 일을 할 수 있는 사람이잖아. 그러니까 교회음악의 본질과 또 이를 감당하는 사람들이 지녀야 할 태도에 대해서 어렵지 않은 말로 다시 써보고 싶다는 것. 또 이 부분에 관심을 갖고 있는 이들과 함께 의견을 나눠보고도 싶고. 물론 이런 글을 쓸 자격이 부여됐다는 생각은 하지 않아. 터무니없이 나선다면 전문적으로 공부해온 사람들이 웃겠지. 미숙한 부분은 또 얼마나 많겠어. 그런데 부끄러움을 무릅쓰고 써볼까 하는 생각이 자꾸 드는 것도 이상하네. 혹시 한두 사람이라도 여기에 대해서 함께 고민할 수 있다면, 올바른 찬양을 드리는 자세와 방법을 생각할 수 있다면, 이런 역할까지도 하나님을 영화롭게 하는 도구로 사용되리라는 의식 때문일까? 집중해서 쓸 수 있는 시간도, 그 분야에 관한 독서를 다시 할 각오도 세워놓지 못했으면서 말이지. 더 기도해봐야겠어. 지금은 다만 하나님께 가장 가까이 나아가는 통로가 찬양이라는 인식을 놓지 않기를 바랄 뿐이야. 그분이 말씀으로 다가오셨으니 우리는 영화로운 찬양으로 아름답게 반응해야 해. 이것이 피조물이 할 수 있는 최우선의 가치라는 내 생각에도 변함은 없을 테고.

나의 꽃

언젠가, 아내와 함께 아이들을 데리고 축령산 아침고요 수목원에 갔었다.

나뭇가지 끝에는 바람이 일렁였다. 늦은 겨울 끝자락, 아니 조춘무春이어서였을 것이다. 거기 물기를 돋우려는, 잎사귀 살아나오도록 애쓰는 것들의 모습이 보였다. 아직 살아나오는 것의 실감은 할 수 없었다. 그러나 그것을 들여다보는 동안 내 살갗도 같이 부풀어 오른다는 느낌은 분명했다. 이른 봄기운 피부에 스며들어 차가웠지만 을씨년스럽지는 않았다.

찻집에 들어갔다. 솔잎향이 신선하게 번졌다. 그 따뜻함을 마시는 동안 아이들은 솔잎향기를 신기해했다. 잠시 아득하게 가라앉는 것 같던 느낌도 기억난다.

이것저것 살펴보면서 물기 머금은 것들의 사진 몇 장 담아오려 했다. 마땅한 것 눈에 띄지 않았다. 아쉬웠다.

화장실 갔을 때였다. 한상경이라는, 이름을 들어보지 못한 이의 詩가 적힌 사진그림을 발견했다. 「나의 꽃」이라는 제목이었다. 글 쓰는 사람이기 때문일까? 문자의 흔적은 내게 늘 호기심을 갖게 한다. 그것도 마찬가지였다. 들여다보면서 아, 참 간절하구나, 하는 마음이 들었다. 전부터 생각하던 일이 있다. 이런 시를 대하면 시적 충실도를 가늠하며 읽지 않기로 하자는 것이다. 섣부른 감상주의의 표현인들 어떠랴. 당사자는 그 절실함을 시의 형식에 담아 밖에 내보인 것을. 이처럼 마음에 닿은 부분을 인정하더라도, 혹은 한번 읽고 마음에 두지 않더라도, 그 순간만큼은 그냥, 가만히, 그 정서에 스며들어가는 마음이 돼보고 싶었다.

지금 그 시를 적어보면서도 말해야겠다. 이 시의 무게를 가늠하려는 생각은 갖지 않았으면 좋겠다는 것. 사실은 전혀 알지 못하는 시인이다. 또 이 사람의 다른 시를 읽을 기회도 없었다. 다만 여기 표현된 것을 빌려서 말해본다면, 내 마음의 정서에도 누군가가 여전히 스며들어 있다는 것이다. 그 울림이 지금은 쓰다듬어질 수 없다. 전달되지도 않는다. 그럴지언정 이렇게나마 마음속에서 가만히 공명되기를 소망한다는 것이다.

나의 꽃

詩/ 한상경

네가 나의 꽃인 것은
이 세상 다른 꽃보다
아름다워서가 아니다.

네가 나의 꽃인 것은
이 세상 다른 꽃보다
향기로워서가 아니다.

네가 나의 꽃인 것은
내 가슴속에 이미
피어 있기 때문이다.

써놓고 읽으며 다시 깨우치게 된다. 내 마음에 품은 그 사람도 이 시의 표현과 같다. 밖에 대단히 돋보이지는 않았다. 내면에 담겨진 자기만의 향기를 내게 풍겨낸 사람이었다. 그것이 여전히 속에서 스러지지 않는 까닭은 모르겠다. 그냥, 가만히, 알지도 못하는 사이에 묶여 있었다는 것만 확인할 뿐이다. 이 향기 언제까지나 가슴속에 살아 있으리라는 예감이다. 이런 느낌이 자연스럽게 여겨지는 것도 납득하게 된다. 이상하기는 하다. 분명 대단히 화사한 꽃은 아니었다. 그러나 자기 이름의 뜻처럼 맑은 마음가짐이었다. 꽃 화花자에 맑을 숙淑자라는 이름. 나름의 긍지와 스스로의 존재성에 대한 신뢰를 갖고 있던 사람. 내가 그런 부분을 헤아릴 수 있는 안목을 지녔다고 믿고 있던 이. 그렇게 따뜻하고 부드러운 눈빛을 지녔었다. 자기 모습을 있는 그대로 내보여주는 명랑함이 그 태도에 담겨 있었다. 그것을 생각할 때마다 지녔던 기질의 격格에 다시 한 번 고개 끄덕이게 된다. 내가 여전히 사랑하는 사람, 하늘나라에 먼저 간 아내.

반성문 제출의 변명

1

어느덧 두 권의 시집과 시 창작에 관한 책 한 권을 갖게 됐다. 거기 이 산문집이 얹어지게 될 것이다. 이것은 내게 어떤 의미가 되는지. 삶의 역할 감당에서는 얼마나 설득력을 지니고 있는지. 외형적 풍요로움을 성취하기 위한 방식에서도 이것들은 무슨 도움이 되는지. 아직 장성하지 않은 아들 둘을 양육하고 있다. 물질적인 충족은 절대적으로 필요하다. 그런데 내가 쓰는 일에 매달리는 것은 오히려 거기에 결핍의 조건을 초래하는 것은 아닌지.

요즘 이런 상념에 붙들려 있다. 그러다가 쓰는 일에 대한 마음 정리를 분명하게 해놔야겠다는 생각이 들었다.

돌이켜보니 글 써온 시간이 제법 흘렀다. 일 외의 시간에는 써놓은 것을 들여다봄이 내 일상이었다. 그랬을지언정 이것들을 정돈해 놓는 일에 한번 팔 걷어 붙여야겠다고 작정했다. 잡다한 것들 다 솎아 내야겠다. 아예 소각시켜 버릴 것들도 잔뜩 쌓여 있겠지.

쓰는 일에 나름대로 의미를 부여했던 것은 사실이다. 삶의 어느 순간부터 속에 뭉치기 시작한 것들, 터뜨려버리지 않으면 곤란하기 일쑤이던 것들을 글에 토로할 수 있었으니까. 자가 치유의 한 방법이라 여겼으니까. 억지 부리는 스스로에게 당위성 부여의 일이기도 했으니까.

그런데 어느 날부터인가. 쓰는 일과 읽는 이들과의 사이에 소통의 문제가 발생할 수 있다는 것을 알게 됐다. 여태껏 써왔으면서도 그런 인식은 하지 않고 있었다. 이 무슨 어처구니없는 일이었을까?

쓰는 일을 생계유지의 수단으로 삼지 않았다. 자기만족이 우선이었다. 내면세계를 정확하고 반듯한 언어로 표현하게 되면 성취감이 생겼다. 읽는 대상에 대한 배려에는 무심했다. 무감각하기도 했다. 일방성도 나타났다. 때로는 그들이 나타내는 어떤 태도를 무시하기도 잘했다. 내 생각과 정서는 여러 부분에서 활달하게 표현됐다고 여길 뿐이었다. 그렇게 여겼다.

드물지만 읽는 태도가 매우 진지한 사람이 있다. 그와 반대의 부류는 무척 많다. 분별력 없는 방자함을 지닌 사람들도 있다. 혼자 엉뚱하게 마음껏 부풀려버린 제멋대로의 감수성으로 반응하는 이들을 말한다. 그 사실을 알고 느끼며 좀 놀라기도 했다. 내가 놀랐다는 것은 의견을 나타내는 부분에서 그 앎의 범위를 말하는 것이 아니다. 더 심층에 있는 혜안의 표출도 아니다. 그랬다면 아마 나는 충분히 수용했을 것이다. 문제는 그들이 내보인 태도의 가당치 않음이었다. 그 미성숙의 어깃장은 받아들일 수 없었다. 이럴 때의 내 속 생각은 '웃겨!' 이것뿐이었다.

그들이 내보인 태도는 읽는 사람으로서 쓰는 사람에 대한 관심의 한 방편이었을까? 지금은 이런 생각이 든다. 정말 그럴지도 모른다고. 고개 끄덕여주기는 해야겠다고. 나 역시 그 대상들에게 눈높이 설정을 일방적으로 해왔다는 자각이 있으니까. 그러나 그런 대상들을 향해서 쓸 때 자기긍지가 상승되는 인식은 별로 갖지 못했다. 이 딱한 사실이 깨달아졌다. 그러므로 이제 그런 부분에서 생각을 분산시킬 필요를 느끼지 않는다.

이야기가 길어졌는데, 이것만큼은 말하고 넘어가야겠다.

쓰는 일의 의미에서 어느 순간 내 마음에 쑥 들어와버린 몇 가지가 있다고. 나는 그것을 끌어안게 됐다고.

2

처음 글 쓸 때부터 그랬다. 반듯하고 진지하게 쓰는 태도를 갖고 싶었다. 습관으로 만들 생각이었다. 이를 빙자한 현학적 글 태도는 곤란하다는 경계심도 버린 적이 없다. 허심탄회의 글을 쓰겠다는 결심이었다. 그러면서도 왜 그렇게 강박관념에 시달렸을까? 혹시 자각하지 못한 어떤 허위의식에 붙들려 있던 것은 아닐까?

앞에서 쓴 것처럼, 읽는 대상의 범위를 미리 설정해놓고 고민할 필요는 없었다. 진정성이 충실히 토로되어 있는 글을 내보이면 어떤 독자이든 공감하니까. 이 사실에 동의하면 글쓰기가 쉬워진다는 것은 익히 알고 있었고.

지금 내 컴퓨터 문서파일은 어수선하다. 치졸하고 쓸데없는 감상주의로 어지럽혀져 있다. 구석구석 홀가분하게 쓸고 닦고 정돈해봐야겠다.

3

자신에게 엄격하고 타인에게는 관대하라는 글을 읽은 적 있다. 일본 역사소설이었던가. 그러나 이런 마음씀씀이가 글 쓰는 부분에서는 잘 적용되지 않음을 알았다.

가끔 문예지라든가, 두어 군데 쉽게 접할 수 있는 인터넷 사이트에 글이 오른다. 읽는 사람은 여러 계층일 것이다. 이해의 폭도 각기 다를 수밖에 없다. 그럴지언정 거기에 내 주관성이 보다 분명하게 설정돼 있어야 했다. 그래야 참된 글, 정직한 글, 진실한 정서의 전달이라는 사실을 새삼 깨닫게 된다. 쓰는 이와 읽는 이 사이에 있는 이해의 폭은 이렇게 할 때 넓어지고 깊어질 수 있다. 주관에 구체성을 부여한 공감대 확장 장치가 충실하다면 말이다.

전에 어떤 사이트 문단 작가 방에 연서의 형식으로 산문을 썼다. 편하게 읽히도록 했다. 내 입장에서는 조심스런 내면 표출이었다. 불특정다수가 공개적으로 읽는 것이기에 더욱 그랬다. 대상에 대한 설정도 분명해야 했다. 그런데 서술과 직유법이 사용된 표현내용에 초점 비껴간 것들이 많았다. 다시 들여다봐도 그랬다. 말 그대로 관념적인 말장난에 불과했을지 모르겠다. 쓰는 태도에서 이는 정직한 것이 아니었다는 인식이 생겼다. 그런 글들에는 진지함 결여가 노출돼 있었다. 정말 왜곡 없고 굴절 없는 정서를 진정성에 담아서 전달하는 글을 써야겠다. 연서를 쓰더라도 '아, 이 사람이 사랑하는 마음은 이런 것이구나.' 하는, 정서적 공감대를 만들 수 있는 글을 써야겠다는 말이다. 예를 든다면 이렇다. 어떤 마음의 움직임과 상황묘사를 했다. 그게 읽는 사람의 피부가 근지럽고 닭살 돋는 느낌을 줄 수 있다고 하자. 공감대를 만들어내기 위해서는 이런 것도 거리끼지 말아야겠다는 뜻이다. 품위

운운하며 꼭 필요한 언어표현을 제한하는 것은 허세다. 쓰는 일에서의 정직함이란 허세와 전혀 상관이 없다.

4

언젠가, 누가 내 쓰는 일에서 모자라는 부분을 들려줬다. 그 말에 좀 아니꼽던 기억이 있다. 한참이 지나 이 나이가 되어서 또 돌이켜본다. 나는 여전히 2% 부족한 시인인 것만 같다. 그렇더라도 쓰고 있는 동안은 다른 것에 별 관심을 두지 않는 작자이기도 하다. 쓰는 일로 내 존재성이 확인되면 만족할 수 있기 때문이다. 덧붙이자면, 살면서 몇 편의 절창을 더 엮어낼 기대를 한다. 첫 번째 시집 『별은 아스피린이다』에서의 「겨울나무」나 「아침의 나라로 가서 부르면」과 같은 시. 또 두 번째 시집 『소프라노의 뜰』의 표제시 「소프라노의 뜰」과 「문자조립」도 내게는 귀하게 여겨지는 시이다. 자기도취일 수도 있겠다. 그러나 지금 이렇게 이야기하는 것에는 뜻이 있다. 앞으로도 기꺼이 이 길을 걸어가기로 작정했다는 설명이다. 이 마음 흔들릴 것 같지도 않다. 내 비록 2% 모자란다 한들 쓰지 않고 어떻게 견딜 수 있으리. 이것 또한 나의 삶이다.

나도 사랑하다가 죽어버리자

1

아파트 광장을 내려다본다. 깊은 밤에도 자동차 불빛 끊이지 않는다. 베란다에 우두커니 앉아 있다가 들어온다. 책장에 정호승의 시집 『사랑하다가 죽어버려라』가 눈에 띈다. 문득, 사람의 사랑이 책 제목처럼 전념으로 몰두해서 이를 실천할 수 있는가 생각해본다. 만약 있다면 이것이야말로 '딱 죽고 싶다.'는 사랑을 넘어서는 것이라고 중얼거린다. 또 한편으로는 그게 의지로 가능하겠느냐는 의문이 생긴다. 혼자 웃는다. 딱 죽고 싶다는 사랑은 어떤 순간에 절정의 의미를 두는 것일까? 그 절정의 순간은 담아두고 돌이키지 않는 것일까? 살아가는 동안 대상을 향한 마음에 이렇게 흔들림이 없다면 정녕 이것이야말로 사랑하다가, 사랑으로 죽어버리는 것일까?

창밖에 보이는 풍경 흐릿하다. 빗줄기 흩어져 내린 때

문이다. 밖의 모습 익숙히 알고 있는 것이다. 그 너머 자주 오르던 뒷산 있음을. 그 산꼭대기로 다시 솟구칠 환한 햇살, 누군가의 웃음 닮아 있음을. 그 모습 떠올리며 가만히 손 모은다. 그 따뜻함 여전히 마음에 하나 가득 채워져 있기를. 딱 죽고 싶음을 그이가 먼저 넘어서버렸으니 그냥 가만히, 그런 사랑을 기억하며 살다가 죽을 수 있기를.

2

늘 읽으며 지내던 때를 떠올린다. 사랑의 언어, 사랑의 방식 등등을 적어 놓은 책을 읽은 기억이 살아난다. 『5가지 사랑의 언어』였던가? 제목이 정확하지 않다. 저자가 기독교 상담가인 '게리 체프먼'인 것만은 분명하다. 왜 이름이 지워지지 않았느냐 하면 그가 사람을 대하는 인식의 방향이 나와 비슷했기 때문이다.

읽었던 여러 가지 책들에 대한 기억을 떠올려보면 저자와 제목이 선명하지 않은 경우가 많다. 막 읽어댔지만 거기에서 받은 느낌을 신중히 적어두지 않은 소홀함 때문일 것이다. 기억의 한계일 수도 있다. 뒤죽박죽인 책장을 다시 정리해놔야겠다. 기록해뒀던 도서목록과 메모도 들춰봐야지. 덕분에 쌓인 먼지를 한번 털어내는 것도 좋겠고.

살아가는 동안 관계성을 맺는 것은 소통한다는 느낌과 충족감을 얻기 위함이다. 이 조건으로서의 언어와 행동에는 다섯 가지가 있다고 쓰여 있던 기억이 남아 있다. 인정해주는 것이고, 함께 있어주는 것이고, 선물해주는 것이고, 섬겨주는 것이고, 육체와 마음을 접촉시키는 것이라고. 여기에서도 중요한 것은 소통의 문제라고 했던가? 소통은 이 모든 것을 포함하고 있다고. 비록 완벽한 소통은 아닐지언정 이 중에서 한두 가지라도 충족되면 사람은 소속감과 함께 자신이 소중한 의미를 지녔다는 존재감을 느낀다고 적혀 있었다. 그런데 세상을 살아가는 동안 이를 가장 예민하게 감각할 수 있는 사람은 부모와 부부밖에 없단다. 삶에서 가장 중요한 관계성이 어렸을 때는 부모자식 간이고, 성장해서는 부부(연인) 사이이기 때문이다. 앞에 말한 사랑의 조건(언어, 행동)이 이런 관계성 속에서 충족될 때 인간은 행복감을 느끼며 산다고 했다.

나도 덧붙이고 싶다. 더 중요한 것은 서로에게 대하는 태도의 부분이라고.

소통한다고 믿어버리는 순간 다른 여지는 파고들 틈이 없어질지 모른다. 틀에 묶여버린다는 뜻이다. 더 나은 관계성을 위해서는 필요한 것이 있다. 상대에게 순수하고 진실하며 세심히 반응하려는 마음과 태도. 이때의 태도는 마음의 반응에서 나오는 모습이다. 어떤 이들에게는 이것이 낯설 수 있다. 예를 들면 이렇다. 어떤 난처한 상황이 만들어졌을 때, 잠깐의 임기응변으로 넘어갈 수 있을지 모른다. 그러나 여기에는 허위가 담길 수 있다. 이런 상태에서 내보이는 임기응변의 태도는 상황을 초래한 책임을 벗고 싶거나, 관련되고 싶지 않거나, 아니면 대상에 대한 불성실에서 유출되는 경우가 많다. 잊지 말아야 할 것은 그 자리에 함께 있는 대부분의 사람들은 그 사실을 감각할 수 있다는 것이다. 다만 입장의 차이 때문에 표시하지 않을 뿐.

충실한 관계성에는 전제조건이 있다. 자를 들고 재며 확인하지 않고 느끼는 그대로 상대의 입장을 받아들이겠다는 마음. 상대를 바라보는 시선에 편견이 없어야 한다는 사실. 이것이야말로 따뜻한 관계성을 만들 수 있는 바탕이라고 말해야겠다.

3

어느 날, 코끼리가 물속에서 놀고 있었다. 밖에서 생쥐가 불러댔다.

"코끼리야, 빨리 밖에 나와 봐!"

못 들은 척 물놀이를 계속했지만 생쥐의 성화는 이만 저만한 게 아니었다. 투덜거리며 밖에 나왔다.

"왜 그러는데?"

그런 코끼리를 바라보던 생쥐가 태연하게 말했다.

"네가 아니구나."

기껏 불러내고서는 네가 아니라니! 코끼리는 화딱지가 났다. 무슨 이유로 자기를 불러댔는지 물었다.

"응, 내가 팬티를 잃어버렸는데 혹시 네가 입었나, 해서."

터무니없었다. 코딱지만 한 것이 감히 산덩이 같은 코끼리가 자기 팬티를 입었을지도 모른다는 상상을 했다니.

위 내용에 픽 웃었던 생각이 난다. 이는 모든 것을 자기의 척도로 재는 태도겠지. 아무리 크고 좋은 자를 지니고 있어도 가늠할 수 없는 것은 분명히 있다.

서로 가늠할 수 없는 부분을 인정해주는 것이 소통이다. 진정한 의미에서의 소통은 이처럼 어렵다. 여기에는 또 전제가 따른다. 눈에 선명해야만 끄덕일 것이 아니다. 소통할 대상의 존재성을 우선 인정할 수 있어야 한다. 이는 상대도 마찬가지다. 굳이 성경을 인용치 않고 옛글을 불러온다면, 자관불가지自觀不可知이기 때문이다. 남을 판단하기는 쉬우나 자기 자신을 보고 아는 것이 참 힘들다는 뜻이다.

가끔 관계성의 단절을 각오하고 있는 사람들을 볼 때도 있다. 그때마다 저 사람도 이 부분의 경험에서 좌절을 맛봤던 것일까, 그것을 먼저 생각해본다. 사물과 상황을 대하는 사람 마음은 자기본위적일 수밖에 없다고 여기면서.

자신에게 관심을 가져주는 사람은 반드시 필요하다. 누구나 다 그렇다. 아무도 자신에게 관심을 갖고 있지 않다는 사실을 인식하게 되면 그 공허감은 견디기 힘들다. 그런데 사람의 마음이란 참 묘하다. 관심을 가져주는 상대에게 신뢰가 생겨야 자신에 대한 관찰을 인정할 수 있다. 진정한 의미에서의 소통은 이때 시작한다. 믿음이 바탕이기 때문이다. 그런 다음부터는 상대가 올바르게 반응해오지 못한다 한들, 내가 제대로 이해받지 못한다 한들 "뭐, 이런 게 있어." 하는 분노나 "역시 마찬가지구나." 하며 쓸쓸해하지 않는다. 다시 혼자가 될 것이라는 두려움도 없다. 대상이 지닌 그 한계를 인정해줄 수 있기 때문이다. 상대가 지닌 존재성에 대한 신뢰는 이런 것이다. 이런 마음가짐을 가진 이를 일컬어 소통을 위한 성숙한 태도를 지닌 사람이라고 말한다.

우리가 대상에 대한 감각을 열어놓고 있다면 그 생각의 파동을 느끼고 헤아리고 반응할 수 있다. 그렇더라도 그 깊이와 넓이와 높이는 재볼 수가 없다. 다 재볼 수 있

다는 것은 착각이다. 아니면 오만이겠지. 사랑이라도 마
찬가지다. 우리는 피조물이다. 무조건의 절대적 사랑은
실천할 수 없다. 만약 자기는 그럴 수 있다고 하는 이를
만나면, 그 가식의 허위에서 오는 자가당착을 나는 비웃
어주리.

사람은 조급한 마음에, 욕심을 포함한 이기심 때문에 사
랑의 깊이, 크기를 재보려고 할 때가 많다. 설사 겠다 싶
은 사랑도 자기 기대치에 못 미치면 크게 실망한다. 일방
성에 의한 어리석은 집착 때문이다. 벗어나기 쉽지 않은.

진정한 의미에서의 소통은 상대를 있는 그대로 인정하
고 또 받아들이는 것이다.

4

지금은 아내도 저 하늘나라에서 잠들어 있을 시간이다.
이런 생각을 해본다. 내게 남겨진 사랑, 품을 수 있는 마
음이 오래 간직되면 좋겠다고.

강물이 흐르는 것처럼 한 사람의 사랑이 흘러 들어왔
던 것이다. 거기 젖어들면서 내 마음 또한 그렇게 흘러
들어갔던 것이다. 그 강가에 여러 가지가 자라났던 것이
다. 그 모습 편안하게 지켜봤던 것이다. 때로 풍랑 일어
났어도 그 출렁거림, 서로가 깊이 끌어안아 잠재울 수 있

었던 것이다.

내 아내는 온유하고 오래 참으며 무례히 행치 않는 힘을 부여받고 있었다. 나도 이것을 배웠지만 억지로 실행할 때가 많았다. 그런데 내 아이들의 엄마는 오히려 거기에 명랑함을 더했다. 이 명랑함은 사람을 변화시켰다. 환경적인 것은 그렇다 쳐도 기질적인 웅크림을 싫어하게 만들었다. 그러면서 깨달았다. 웅크린 사람은 여기에 대한 자기인식조차 없음을. 자기 그럴듯함을 착각하고 있을 뿐임을.

성경은 무익한 변론을 피하라고 말한다. 한때 내게는 그런 대상들을 설득하고 압도해서 따르게 만들려는 고집이 있었다. 아내는 어느 시점부터 그런 사람들을 마주 대하기 싫어하게 만들었다. 무의미한 일이라는 것을 벌써 알고 있었다. 그냥 내가 늘 환하기만을 바랐다. 이런 부분에서는 조금 지나치다고 느꼈으면서도 별 거부감은 없었다. 나 역시 그런 감춰둠이나 안 그런 척함이나 웅크림을 싫어하는 태생이었기 때문이다. 깨달은 것이 또 하나 있다. 허위의 마음을 지니고 있으면, 상대가 아주 간절함에서 하는 지적일지라도 절대 인정하지 않는다. 그것을 자존심이라고 여기고 있기 때문이다. 이런 사람과는 진정성을 바탕으로 한 소통이 이뤄질 수 없다. 사람이 흔히 지니고 있는 본질의 이런 부분을 깊이 생각해보면 허망하기도 하다.

이런 사실들을 생각하다보면 분명하게 인식되는 것이 있다. 내 아내는 절대 자를 들고 나서며 자신의 규격 안에 나를 가둬두려 하지 않았다는 것을. 어떤 숨 막힐 상황 앞에서도 질식하게 만들지 않았음을. 이것은 깊은 사랑에서 만들어진 신뢰였음을. 거기 선선히 반응하지 못했음을 부끄러워해야 한다는 것을.

깊은 밤 혼자 앉아서 술을 마시는 것은 지겨운 일이다. 생각지도 않던 경험으로 알게 된 사실이다. 그래도 오늘은 술병마개를 비틀어야겠다. 유난히 그 사람이 보고 싶어서 견딜 수 없다. 홀로 남겨져 있는 이 외로운 자는 허위와 헛됨의 소통이 지겨워졌다는 핑계를 덧붙인다. 취기를 의지해야만 잠들 수 있다면서.

시인은 무엇일까

　써놨던 시의 초고草稿를 들여다보는 것은 가끔 있는 일이다. 살펴보다가 문득 엉뚱한 생각에 빠져들었다. 과연 시인이라는 것들은 어떤 사람들일까에 대해서. 이 개념이 조금 모호해지는 것도 의외였다. 그 존재성에 대해서는 여태껏 분명한 인식을 갖고 있다고 여겼는데.

　시인이라는 명패를 걸고 있는 이들은 유별난 종자들이 분명하다. 그 가치체계가 세상의 보통사람들과 조금 다르다. 대부분의 사람들이 갖고 있는 인식도 마찬가지일 것이다. 시인이니까, 당연히 다른 정신세계를 지녔으리라고 인정해준다. 이런 생각에 별 거리낌은 없는 듯하다. 어쩌면 시인의 의식구조가 일반인보다 특출해야 한다는 요구가 마음속에 있어서일지 모르겠다. 그런데 더 정확하게 이야기하자면 사람이 지니는 가치체계는 같다. 다만 사고와 사색과 경험의 범위에 따라서 독특한 존재의식이 나타날 뿐이다. 여기에는 교육과 훈련의 부분도 한 몫을 한다. 이를 헤아리지 못하면 대상을 향한 균형 잡힌 시각과 안목은 지닐 수 없다. 이는 마치 기독교적 가치관이 정립되지 않은 교인들이 목회자들의 서열을 하나님의 넘버투로 여기는 것과 닮은꼴이다. 이것은 교회가 수행하는 기능의 차이를 모르는 미숙함 때문이다. 이런 예를 든 것은 엉뚱한 비약일지 모르겠다. 그러나 내친김에 조금 설명해야겠다. 대부분의 교인들이 일차적으로 바라보는 대상은 목회자다. 그들에게 전인全人의 완벽함을 기대하고 있다. 노출되는 부분 때문에 일희일비一喜一悲하기도 한다. 분명히 알아둬야 할 것은, 그 기능이 존중받는 것은 당연하다. 하나님의 말씀을 대언代言하기 때문이다. 그러나 교회공동체에서 각 지체들의 가치는 같다. 여기에 착오를 일으키면 신앙생활에 혼란을 겪는다. 기독교 신앙의 본질은 하나님과 나 자신이 맺는 일대일의 관계성이다. 교회공동체에서의 관계성은 그 다음이다. 목회자들 역시 교회공동체에 속해 있는 지체에 불과하다. 이 공동체의 구성원은 다 은혜의 구속을 힘입은, 본래부터의 죄인들이기 때문이다. 전인은 없다. 다만 그 공동체에서 수행하는 기능의 차이가 있을 뿐이다.

각설하고, 나는 이런 입장에서 시인의 가치체계와 그

인식의 표현방식이 보통 사람보다 월등하다고 인정해왔
다. 그러다가 미심쩍은 부분을 고분고분 받아들이지 못하
는 이 의식 속에서 뾰족한 것이 튀어나왔다. 자신은 편협
하고 앙칼진 의식구조를 가진 사람이 아니라고 우겨대면서.

대개 우리의 읽는 습관은 다음과 같을 것이다. 유명시
인이나 혹은 문제 시인의 글에는 대단한 담론이 담겨 있
을 것이라고 일단 인정하고 보는 것. 나 또한 오래전에는
그런 것에서 자유롭지 않았다. 도저히 납득하기 어려운
글을 읽으면 자신의 독해력 부족을 탓했다. 그러다가 알
게 된 사실이 있다. 보통의 시인으로 알려져 있는 사람인
데 쓰는 일에 더 높은 가치를 부여하고 있는 사람, 오히
려 유명시인들보다 더 높은 경지에 들어서 있는 이들이
많다는 것에 대해서. 그러나 소위 말하는 문제 시인이나
유명시인처럼 인정받기는 쉽지 않은 구조라는 것도 알게
됐다. 문학계의 현실을 나는 잘 모른다. 소위 말해서 잘
나가는 시인이 아니기 때문이다. 문단권력에 진입해 있지
도 않다. 그렇더라도 참 좋은 시를 쓰는 시인들을 많이
만날 수 있었다. 그들이 지닌 시 창작의 역량을 인정받고
못 받는 일조차 개인의 기량이라고 치부해버리는 일도
안타까웠다.

또 한편으로는 그럴 수밖에 없으리라는 생각도 든다.

이 말은 좀 지독한 말일 수도 있겠다. 유행가 가사 같은 따위를 써 갈기면서 시인이랍시고 물을 흐리는 것들이 있으니까. 거기에 장단 맞추는 이들도 꽤 되니까. 이들 글의 특징은 읽으며 고민할 필요가 없다는 것이다. 찰나의 감수성에 반응하고 지나가면 그만이다. 이것이 인터넷 시대의 문학현실이다. 찰나의 감수성에 닿은 다음 아무렇지 않게 잊어버려도 되니까. 그런 정도의 글에 대가를 지불할 필요는 느끼지 않을 테니까. 흔하고 흔한 문학 사이트에 쌓이고 쌓여 있으니까. 그러니까 그렇게 아무렇게나 섣부른 감상주의를 써내려간 것들은 그러려니 해버려도 괜찮다. 자기 해소의 한 방법이라고 여기면 그만이니까. 또 그런 글에는 책임을 물을 수도 없을 테니까. 반면에 도대체 이 사람이 무슨 의미로 이런 시를 썼나, 머리 갸우뚱하게 하는 것들도 있음은 부인할 수 없는 사실이다. 도대체 뜻도 모를 글자 나부랭이를 시라고 내놓는, 그러나 오히려 이를 통해서 약간의 필명이라도 얻게 된 이들은 자기들의 이런 상태에서 한 걸음 더 나아가야 하지 않을까?

스스로의 문제도 함께 떠올려봤다. 세상에 많고 많은 문제시인, 유명시인들의 말을 금과옥조金科玉條로 여길 때가 분명 내게도 있었다. 그러면서 왜 튼튼하게 승화된 정신세계를 지닌 시인들의 글은 흘려보고 있었을까? 쓰는 사람이라고 자부하면서 왜 그런 안목을 갖기가 그렇게 힘들었을까? 여기에 대해서는 게으름 때문이라고, 글을 대하는 정직함의 결여 때문이었다고 해도 변명할 말이 없다. 이런 생각을 하다가 문득 한 가지 욕심이 생겼다. 내가 이정표가 될 수 있을까, 또 그들의 울타리가 돼줬으면 좋겠다는 생각. 이런 마음이 드는 것이 무슨 까닭인지는 확실치 않다. 스치는 상념일 수도 있겠고.

　묻혀 있는 보석처럼 반짝이지는 않지만 그렇다고 범상치도 않은 그런 시인들의 글을 알아볼 수 있는 안목이 내게는 생겼다. 이제는 제법 필명이 알려진 시인이 쓴 것이라도 튼튼하지 않으면 대수롭잖게 여긴다. 오히려 정직하고 치열한 정신세계가 담겼는데 밖에 알려지지 않은 이런 시인들의 글을 찾아보는 일이 더 즐겁다. 아무리 튼튼하게 썼을지언정 자기 글을 밖에 보일 기회조차 갖지 못한 이들은 또 얼마나 많을까? 안타깝다. 이들에게 자기를 내보일 수 있는 지면이라도 제공해주면 좋겠다. 여기에 대한 방편을 한번 모색해보고 싶어졌다. 그러니 이것을 비전(vision)이라 해야 할까, 아니면 가당치 않은 욕심이라고 치부해야 할까?

토끼풀 가운데 앉아서

어떤 형상을 찾아보고 싶었을까? 무엇을 그렇게 오랫동안 들여다보고 있었을까? 차라리 더 어두운 곳을 들여다보았으면, '시시하고 흔해빠진 것'들에게 좀 더 집중했으면 좋았을 것이다. 그런 시늉이라도 제대로 했다면 가끔씩 찾아오는 허전함 더 잘 견뎌낼 수 있을 텐데. 끝까지 네 잎 클로버 같은 것을 찾고 싶었으니 어처구니없다. 그것이 사람과의 관계성이든, 소유에서의 충족감이든, 그 따위 대단한 것 찾아서 움켜쥐었다 한들 내 삶의 현실에서 달라질 건 또 뭐였는지. 그런 인식조차 하지 못하고 있었다. 그걸 찾는다는 핑계로 이파리 세 개 달린 것들은 아무렇게나 여겼다. 잘도 태연자약했다. 네 잎 클로버가 오히려 돌연변인데. 이런 사실을 각성하게 된 자신을 향해서 웃는다. 이 기분 아무도 묻지 않으리라는 것도 깨닫는다. 설사 묻는다 한들 차근차근 대꾸해주는 습관 아직은 익숙하지 않다. 말하자면 이것은 같잖은 의식구조라고 할 수 있다. 가끔은 시 쓰는 작자로서 민감한 정신세계를 지닌 까닭이라는 당위성을 슬쩍 부여하기도 한다. 그렇더라도 염두에 두는 생각은 있다. 이런 것들이 개성일 수도 있겠지. 그러나 또 다른 이들에게는 꼴불견이 될 수도 있다는 것. 이제야 겨우 여기에 대해서 생각할 수 있게 됐다. 스스로에게 이런 질문도 던져본다. 관계성을 맺고는 있는, 감수성은 민감하지 못한 대상들에게 나처럼 세심한 감각을 왜 그렇게 기대했을까? 상대가 감각하지 못한다고 느껴지면 왜 또 그렇게 대수롭잖게 지나치기를 잘했을까? 이는 대상에 대한 무관심 때문이다. 나 혼자서만 상대를 헤아렸다고 여기는 것은 착각인 줄도 몰랐다. 그 특징은 듣지 않으려는 것으로 나타났다. 젊을 때 읽었던 하비 콕스(Harvey Cox, 1929~)의 책에 "무관심은 죄"라던 말이 자꾸 마음을 찌른다.

나는 보편적 질서와 조화에 익숙해 있는 사람이 분명하다. 그러나 여기에 대한 의식이나 행동에 어떤 거리낌은 갖고 있지 않다. 분명 내 정신은 자유롭다. 보편적 질서와 조화에 구애받는 일, 즉 섞여서 살아야 함을 자신에게 강조하면서도 얽매이지 않는다. 이런 사실을 잘 알고 있던 아내는 나를 일컬어 이상한 작자라고 말했다. 그건 개성이 아니라 교만의 꼴불견이라는 핀잔과, 심지어는 윽박지름을 들이댈 때도 있었다. 당시에는 그런 말을 들어도 아무렇지 않았다. 픽, 웃어버렸을 뿐이다. 지금은 제법 나이가 들었기 때문일까? 그것은 균형 잡힌 생각이나 태도가 아니었다는 새삼스런 인식이 생겨나가 시작한다. 이제 핀잔해줄 사람도 없다는 근신의 마음 때문일지도 모르겠다. 가끔 내보인 기막힌 엉뚱함을 독특한 개인만의 특질로 알고 있었다. 누구나 다 이것을 인정해줘야 한다는 생각을 당연하게 여겼다. 이런 내 모습을 핀잔하면서도 아내는 "우리 신랑, 참 활달한 자신감을 지닌 인간"이라고 깔깔거리며 팔뚝에 매달릴 때가 많았다. 사랑으로 결합한 부부 사이의 기꺼움이었다. 이 기꺼움의 감정은 객관성을 초월할 수밖에 없다. 절대적 주관에 지배받는 것이 당연하다. 주위의 눈총 따위는 아랑곳하지 않고 상대를 수용하는 것을 대상에 대한 기꺼움이라고 한다.

그렇게 살아왔지만, 그나마 소위 말하는 지천명의 연배를 지나면서 나도 한 가지에는 철이 들었다. 내 아이들이 지닌 자기 확신의 당당함에는 늘 하던 것처럼 여전히 등 두드려줘야겠다고. 거기 막무가내의 일방적인 태도와 습관은 키워주지도 유전시키지도 않겠다고. 왜 이런 지각이 생겼을까? 언제부터였을까? 스스로를 돌이켜보면 이런 자각을 하게 된 자신이 어리둥절하다. 또 신기하다. 이제 가만히 허리 굽혀서 시시하고 흔해빠진 것들의 소리 듣는 연습도 해야겠다고 결심하게 됐다니.

아내가 없는 자리에 결핍이 쌓인다. 그것을 들여다보면 허전하다. 그런데 정말 이상하다. 이 허전한 내면이 익어가고 있는 것을 느끼게 된 일. 그 익어가는 것들이 몇 행의 절창으로 내 시에서 형상화되기를 기대하는 일.

관계성의 확인

인간의 정신세계를 지배하는 으뜸의 것이 종교다. 그러면 내 삶의 태도와 습관에 영향을 준 종교는 어떤 것일까?

태어났을 당시에 이미 미미해진 집안이었다. 그렇더라도 선조부께서는 지닌 삶의 방식에서 선비로서의 자세가 꼿꼿했다. 그 기억은 여전히 생생하다. 이 몸을 그 무릎 위에 앉히면 오랫동안 내려놓으려 하시지 않았다. 나는 그분의 장손이었다. 어른의 태도가 이러했으니 내게 유교적인 영향은 암암리에 스며들 수밖에 없었으리라. 그나마 다른 종교에 편견은 갖지 않았던 분이다. 지금도 생각해 보면 이 부분이 놀랍다. 그때의 시대상황에서는 보이기 쉽지 않던 흉금이었다. 그 폭도 가늠해볼 방법이 없다. 흔치 않을 일이라는 느낌만 지니고 있을 뿐이다. 그런 까닭으로 선친께서는 종교적인 입장에서 자유로웠다. 기독교를 받아들였다. 나중에는 교회 장로의 직職도 요란스럽

지 않게, 충실히 감당해내시는 모범을 자식들에게 보여주
셨다.

　내가 맞이했던 성장기에는 세상이 바쁘게 변해가고 있
었다. 사람들 가치관에 혼란의 물결이 닥쳐왔다. 그러나
이 내면에는 튼튼한 뿌리가 내려져 있었다. 유교적 관습
의 긍정적 측면과 기독교적 삶에 대한 태도의 적용. 자주
착오를 일으키기는 했지만 나름대로의 긍지는 충분했다.

　나는 어릴 때부터 교회 각 지체의 역할에서 앞에 나서
도록 키워졌다. 하지만 늘 결핍을 느꼈다. 관념적 체험만
으로는 내 정체성에 대한 인식이 분명해지지 않아서였다.
스스로에게 확인이 더 필요했다는 뜻이다. 이것을 찾아보
겠다는 구실로 자주 행해지던 방자함이 있었다. 마주쳤던
관계성 속에서도 마찬가지였다. 그 대상들을 내 기준의
저울대 위에 올려놓기를 잘했다. 어떤 경우에는 도무지
양이 차지 않았다. 이를 밖으로 표시하는 것은 아니었다.
눈빛이 사나웠을지 모른다. 그러나 표정은 화사하고 밝게
내보였다. 마음은 우울하기 일쑤였지만 그랬다. 그런 정
도의 함량을 지닌 이들과, 그런 정도의 제한된 관계성밖
에 맺을 수 없는 내 신분의 한계를 생각하며 쓸쓸해지기
를 잘했다. 내 젊은 날의 모습이다.

　이것의 습관은 질기고도 질기다. 아직도 가끔씩은 나를

지배하려 할 경우가 있다. 딱한 일이다. 그런 상태에서 벗어나려고 그렇게 애써왔건만.

그나마 아주 어렸을 때부터 삶의 방향성에 대한 인식을 하게 됐다. 따라가야 할 절대적 존재자로서의 대상을 갖고 있었다. 마음에 그분의 존재성을 믿었다. 입술을 통해서도 사람의 아들로 오신 그리스도 예수께서 내게 구주救主가 되신다고 이미 시인하고 있었다. 그랬으면서도 이 속마음에서는 쉬지 않는 질문이 이어지고 있었다.

그러던 어느 날이었던가? 이 머릿속에 쏟아져 스며든 한 줄기 빛! 마음이 간절해 있던 날이었다. 신기한 일이 생겼다. 이것저것 어질러져 있는 생각이 단번에 정리돼버렸다. 그 명쾌함이라니.

답변은 단순했다. 분명했다. 시원했다. 이미 받아들이고 있는 사실을 확인해주는 것이었다.

"진리를 알지니 진리가 너희를 자유케 하리라"는 요한복음 8장 32절의 말씀. 그리고 또 한참을 지나면서 "하나님은 모든 사람이 구원을 받으며 진리를 아는 데 이르기를 원하신다"는 디모데전서 2절 4장의 말씀과 "내가 그리스도와 함께 십자가에 못 박혔나니 그런즉 이제는 내가 산 것이 아니라 오직 내 안에서 그리스도께서 사신 것이라 이제 내가 육체 가운데 사는 것은 나를 사랑하사 나를 위하여 자기 몸을 버리신 하나님의 아들을 믿는 믿음 안에서 사는 것이라”는 말씀에 이르기까지. 특히 이 갈라디아서 2장 20절의 말씀을 통해서 나는 그분의 실존實存을 대면했다. 마음이 밝아졌다. 가치관의 초점을 거기에 맞추기 시작했다. 대담해졌다. 이 마음은 그 말씀들이 거역할 수 없는 진실이며 진리라고 믿게 됐다. 그런 확신으로 편해졌다. 또 맑아지는 것에 관심이 생겼다. 이 말은 주님의 마음을 닮는 것이 어떤 것인지 더 분명히 알기를 소망했다는 뜻이다. 이런 마음이 되면서부터 지금까지 나는 찬송가 507장을 부를 때마다 눈물이 난다. 아내가 아직 이 세상에 있을 때, 가정예배를 드리면서 함께 이 찬송가를 부르면 그 눈과 내 눈에는 늘 물방울이 맺혔다.

교회공동체의 생활에서도 그랬다. 젊었을 때인데도 이상하게 나는 늘 공동체가 실행하는 Action의 중심부에 있었다. 그 실행의 과정에서 여러 사람을 만났다. 그중에는 자신이 아주 잘 믿고 있다고 내세우는 이들도 있었다. 하지만 가끔은 섬기는 일을 고달파하는 모습이 감지됐다. 특징은 얽매어 있다는 것이었다. 반면에 나는 얽매이지 않았다. 그러나 다시 돌이켜보니 그들과 내가 같다. 거기에서 앞서거나 뒤졌다는 생각은 하지 않는다. 이 삶의 태도 역시 주님의 마음에 올바르게, 제대로 반응하지 못했다는 부끄러움 때문이다. 늘 게으름을 피웠다.

내 속에는 거기에 대한 자의식이 여전히 살아 있는 것일까? 숙면을 이루지 못한 어떤 날에는 꿈속에서 진땀을 흘렸을지 모른다는 상상을 한다. 그 낭비했던 시간을 어떻게 심판받을까에 대해서.

그때 내 마음을 어지럽힌 질문은 이것이었다.

"이 모든 것이 저를 위한 것이라는 사실을 믿습니다. 그러나 꼭 그런 고통의 죽음을 당하셔야만 했나요?"

말하자면 방법론에서 피조물이 창조주에게 가졌던 어처구니없고, 어리석고, 무지하면서도 같잖은 염치없음이었다.

존재들의 관계성에서는 주면 받는 것을 당연하게 여긴다. 또 받았으면 갚아야 하는 것이다. 그런 인식을 갖고 있다. 마찬가지로 그 새파랗게 젊은 때에도 그분이 피 흘려 치른 대가에 대해서 무엇으로 보답해야 하는가의 문제를 끌어안고 있었다. 그러나 거기에 대한 답변에는 부연설명이 없었다. 늘 똑같았다.

"이 모든 일은 내가 너를 사랑하기 때문이란다. 여기에는 조건이 없어. 너는 그냥 이것을 인정하고 받아들이기만 하면 돼. 내 사랑을 의심하지 않고 믿기만 하면 우리의 관계성은 더없이 충실하고 풍성하게 되는 것이야. 이 일은 네가 결정한 것이 아니거든. 이미 오래전에 내가 너를 사랑할 대상으로 삼아서 선택했다는 뜻이기도 해. 이것을 일컬어 '은혜로 얻는 구원'이라고 하지."

아들아, 정녕 너는 무엇이니?

1

선친 슬하에 있을 때는 서울 종로구 평창동에서 살았다. 지역이 높아 공기가 맑았다. 지금은 꽤 복잡한 동네가 됐다고 한다. 당시는 교통까지 불편한 곳이었다.

결혼 후에는 고양시 원당에서 살았다. 가까운 곳이던 일산 역시 그때는 시골이었다. 거기에 있던 아버지 공장을 이어받아 몇 년 동안 여러 가지 폼을 잡다가 들어먹었다. 그때 이상했던 것은, 당시 나같이 젊은 사람에게 부도어음을 발행한 인간들이 태연하더란 것이다. 내 청춘 시절은 그것을 수습해보려고 헐떡이던 시간이 전부였다. 겨우겨우 마무리한 다음, 그런 세월을 극복하기 위한 터를 마련하기 위해서 남양주시 진접읍 장현리에 들어섰다. 처음에는 단칸방. 답답한 시간이 이어졌다.

선친께서는 목수 일을 하셨다. 성실하고, 더 할 수 없이 부지런한 분이었다. 일만 하셨다. 그런 삶이었던 평생 육체노동의 대가를 이 자식의 입에 다 털어 넣었다. 아들이 남의 밑에 얽매어 있는 꼴을 못 보셨다. 그만큼 보상 심리가 강한 분이기도 했다. 그런데 결과가 그랬다. 당신이 거처할 공간으로서의 농가주택 한 채를 다른 이의 도움을 받아 강화도 쪽에 겨우 마련하셨을 뿐이었다. 꾸중은 하시지 않았다. 이런 말씀 한 마디만 하셨다.

"앞으로는 내 생활까지 네가 챙겨야 할 부분이 됐으니 힘들겠구나."

어느 날 그 강화도에 있는 횟집에 모시고 갔다. 20여 년 만에 처음이라며 약주를 한잔 하셨다. 돌아오는 길에 찬송가 217장을 부르셨다. "주님의 뜻을 이루소서." 들으며 나는 조금 울었다. 아버지께서는 교회 장로님이셨다. 그때 내 등줄기를 거쳐 허리까지 두르신 손에 힘을 넣으셨다. 그리고 한 마디만 하셨다.

"그렇다고 하나님을 원망해서는 안 되느니."

그때 나는 거래를 하던 그이들의 마음가짐이 분해서 어쩔 줄 모르고 있었다. 어찌할 수 없는 상황이었다면 억지로라도 납득했을 것이다. 그러나 그 삶의 방식에서 노출된 야비함에 치가 떨렸다. 이 앙다무는 음성으로 대꾸했다.

“제 노력의 대가를 그렇게 이용한 게 분하잖아요. 저를 망하게 해서 그놈이 챙겨먹다니. 못 견디겠어요.”

내 아버지께서는 이미 평온함을 되찾고 계셨다. 이렇게 덧붙이셨다.

“이 세상에는 그런 작자들도 살고 있는 것이란다. 대신 아이들을 말씀으로 잘 키우렴. 너를 뛰어넘어 더 멋진 놈들이 될 것과 천 배의 축복을 받게 될 것을 믿어라. 반드시 이루어질 것이야.”

2

나는 집안의 차남인 아버지의 장자였다. 딸 하나만 남기고 일찍 타계하신 백부 뒤를 잇는 명분의 장손이기도 했다. 넉넉지 않은 살림 속에서도 절대적인 배려와 관심의 집중을 받았다. 그런 면에서 보더라도 부모 봉양과 아우들 챙기는 것은 내가 당연히 여길 일이었다. 그러나 막막했다. 그때 숙부께서 말씀해주셨다.

“여태껏 시작도 못해본 사람들이 많다. 그런데 너는 아직 새파란 나이인데 이런 경험까지 했으니 이것도 앞으로 큰 자산이 되지 않겠니?”

묘했다. 그 말은 힘이 됐다. 나는 다른 이들과 종자가 다르다는 헛된 자의식을 부여해가며 열심히 일했다. 그런데 비록 팔자를 믿지는 않지만 그렇더라도 팔자가 그런 것인지. IMF를 만났다. 또 부도를 맞았다. 몇 년 동안 공장운영의 대가라기보다는 내가 땀 흘렸던 육체노동의 대가가 날아갔다. 제법 되는 금액을 엉뚱한 곳에 털어 넣어야 했다. 마음이 가라앉는 것이 어떠하다는 것을 그때 확실히 알았다. 지금 생각해도 웃긴다. 어이없었다는 뜻이다.

그 여파로 살림은 늘 궁색했다. 큰아이의 중학교와 고등학교 1학년 때까지 언덕을 조금 올라가야 하는 작은 연립주택에서 살았다. 방 세 개 있고 몸 부딪는 비좁은 거실이었다. 그나마 손바닥만 한 단칸 방, 두 칸 방을 비껴나 아이들은 각자의 방에서 공부하고 잤다. 공간에서 숨통이 좀 트였다. 그러나 단칸방이든 두 칸 방이든 세 칸 방이든 내 아내, 그 리릭 소프라노의 둥근 발성에서 일으켜지는 공명은 같았다. 이 소프라노의 뜰은 늘 명랑했다. 그때 자주 놀러오던 아들의 친구들이 벌써 대학생이 되었다. 우연히 거리에서 마주치면 붙들고 한참을 이야기해도 즐겁다. 녀석들도 나와 나누는 이야기를 별로 지루해하지 않는다. 내 아들에게 자기들 나름대로 추억을 만들어왔고, 만들고 있고, 만들어 갈 친구들이 있다는 사실이 고맙다. 변함없는 교류의 시간을 제법 길게 이어오고 있다. 기특한 것들.

이 녀석들의 모친들 중에서 한 분이 들려준 어떤 날의 우리 집 풍경은 이랬다.

모여 앉으면 몸 비벼야 하는 작은 거실이었단다. 탁자나 소파 등은 보이지 않는 구석에 오래된 듯한 이젤과 석고대 두 개가 자리잡고 있더란다. 한쪽 위에는 미소하고 있는 '쥬리앙'의 석고상과 또 한쪽 위에는 엄숙한 척 인상 쓰고 있는 '아그리파'가 놓인 것이 고상한 티를 내려 애쓴 흔적이 보이는 분위기더란다. 여느 가정의 거실이라면 TV가 놓여 있을 자리에 컴퓨터 책상 두 개가 앉혀져 있었더란다. 거기 최신형 컴퓨터 한 대와 아주 구형 고물인 듯한 컴퓨터도 한 대 얹혀서 폼을 잡더란다. 이것 역시, 우리 집은 아이들이 좋아하는 분위기를 추구하고 있으니 어쩔래? 으스대며 한 껍데기 보여 준다는 의도가 엿보이더란다. 그러거나 말거나 편하게 자리잡고 앉으면, 순해 보이는 소년이 언제나처럼 과일이 잔뜩 담긴 접시를 들고 나오더란다. 표정은 너무 해맑더란다. 거치적거린다는 듯 한발로 이젤을 쓰윽 밀어대더란다. 덩달아 석고대까지 팔꿈치로 툭, 밀쳐버리더란다. 그 위에 앉혀졌던 '쥬리앙'의 눈빛이 당황한 듯 일렁이더란다. 그 바람에 자기까지 덩달아 덜컥거린 것이 못마땅하다는 듯 '아그리파'는 더욱 인상을 쓰고 있더란다. 그러나 소년에게서는 그따위쯤을 애지중지하는 것이 뭐, 별로 폼 잴 일도 아니라는 태도가 역력하더란다. 친구 녀석들 중에서 둘 역시 컴퓨터 게임에 열심히 몰두하고 있을 뿐 아랑곳 않더란다. 마우스를 움켜쥐지 않은 손들만 바쁘게 접시 위를 오가더란다. 그 손놀림이 점점 빨라지더란다. 아니, 누가 이렇게 빨리 먹는 거야? 그것도 한 번에 두 개씩이나? 눈빛들이 치열하게 빛나더란다. 그 모습들은 정말 소년다워서 너무 자연스럽고 보기 좋더란다. 순간, 전화벨이 울리더란다. 그 단정해 보이는 소년이 수화기를 들어 명랑하게 응답을 하더란다.

"네, 참으로 뛰어난 시인의 댁이로소이다."

"어머, 시인의 아들이로구나."

"아, 네. 제 절친한 벗, 현재 위치 '넘버 투' 군의 모친이시로군요."

"그렇다네. 우리집안의 그 대충 잘난 아들 좀 바꿔주시겠나?"

아주 구형 고물 컴퓨터로 게임을 하던 소년이 전화통을 받아들고 역시 명랑한 태도로 대꾸하더란다.

"말씀하시지요. 어머니."

"그래. 내 아들 '넘버 투'야. 너는 어찌하여 어찌 허구한 날을 '넘버 투엔니 빠이부' 집에서만 논단 말이냐."

　　"하오나 어머니, 현재 위치 '넘버 원'도 여기서 놀고 있으니 심려 놓으시지요."

　　"뭐라? 그게 참말이렷다?"

　　"네. 손톱만큼도 틀림이 없는 천진명확天眞明確한 사실입니다."

　　"그렇다면 내가 이럴 때가 아니지. 그 '넘버 투엔니 빠이부'의 모친, 아차, 그게 아니라 그 시인의 아내님을 좀 바꿔주련?"

　　"송구하오나, 그분께서는 저희들 먹을거리 장만을 위해 마켓에 출타하신 것으로 사료됩니다."

　　"무엇이라? 그럼 혹시 현재 위치 '넘버 원'의 모친과 접선하기로 하신 것은 아니겠지?"

　　"사실은 소자도 그것이 걱정이올시다."

　　"아이고, 내 이럴 때가 아니다. 그 행선지를 아는고?"

　　이때, 통화소리를 안 듣는 척하던 소년, 다시 말하면 현재 위치 '넘버 원', 즉 또 다시 말해서 전교 석차 1위를 차지하고 있는 녀석이 음성을 높이더란다.

　　"야, 넘버 투 뭐해? 게임하다 말고?"

3

　지금 무슨 이야기를 하는 건가, 의아할 것이다. 내가 집안의 장손이라는, 선친 등골 다 빼먹은 이야기를 하던 중이었으니. 얼마 전에 아내와도 친구가 돼버렸던, 아들 친구 녀석의 모친이 다녀갔다. 그러면서 아내가 이 세상에 있을 때 잠시 외출한 그 사람을 기다리는 동안의 느낌을 말해준 것이 생각나서 우스갯소리로 잇대어 적어봤다.

　사실, 성장기의 자녀를 둔 부모들에게는 큰 걱정이 있다. 아마 진학과 관련된 학교성적이리라. 교우관계나 성격형성 등의 문제는 부차적이 돼버렸다. 밖에 노출되는 부분에서 심각한 문제만 없어 보인다면 대수롭잖게 취급해버리는 것 같다. 그런 면에서 본다면 우리 집은 조금 예외였다. 다른 집 아이들이 문제집 푸느라 힘들어 할 때, 나는 녀석이 흥미 있어 하는 책을 사다 안기며 "이거 읽고 해라." 아니면, "야, 아빠랑 나가서 농구나 한 게임 할까?" 거의 이런 식이었다. 덩달아서 아들의 몇몇 친구 부모님들이 따라서 했다. 그랬어도 녀석들의 성적이 별로 뒤떨어지지는 않았다. 아이들은 오히려 활기차고 생기가 돌고 공부에 더 집중했다.

　지금도 나는 이 녀석들을 만나면 "야, 너 참 멋있다. 멋있어졌어!" 이렇게 이야기해준다. 그렇게 말해주다 보니 이놈들이 정말 멋있게 보인다.

외형적인 이름에서 따진다면 우리 아들이 제일 시원찮은 학교에 다닌다. 물론 아비의 기준이다. 그런데 우리도련님은 태연하다. 자기가 선택한 학교의 학과가 우리나라에서 제일이라나, 뭐라나.

이 말이 믿어지고 신뢰가 가는 것에는 이유가 있다. 입시준비를 하던 어느 때부터인가, 큰놈도 학습능률 올리는데 신경 쓰는 것 같았다. 긴장하는 것 같았다. 공부에 매달리기 시작했다. 조금 모자란다 싶으면 일찍 일어나야한다며 거실에 이불을 펴고 잤다. 그 잠꾸러기가 침대에 들어가지 않고 바닥에 요를 깔고 자다니. 그래도 모르는체했다. 그냥 아이를 믿었다. 깨우지 않아도 새벽이면 혼자 일어나서 기도하는 모습이었다. 그런 다음 학교에 갔다. 그렇게 대학생이 됐다.

그런데 지금은 이상하고 피곤한 일이 생겼다. 우리 큰아들이 이제는 정말 다 커버린 것일까? 요즘은 오히려 아비를 간섭하기 시작해서 좀 떫다.

'하, 제까짓게 반듯한 선비의식을 지니고 성장했다고? 그랬을지언정, 아비가 새끼들 바라보는 눈에 콩깍지가 끼었다는 것도 모르는 녀석이 착각하고 있기는. 그런데 뭐라? 아비의 느슨한 삶의 태도를 구조변경 시켜보겠다고?

참내, 기가 막혀서. 그나저나 이걸 자승자박自繩自縛이라
고 하는 건지, 자업자득이라고 하는 건지.'

그런 생각으로 투덜거리며 양치질을 했다. 화장실 거울
을 들여다보는데 이런, 거기 선친과 똑같은 모습이 보였
다. 내 으쓱대는 목소리에 궁둥이를 툭, 쳐주시곤 하던
표정. '너도 맛 좀 봐라, 이것아.' 그렇게 고소해하시는
것처럼 웃는.

4

자식보다는 손자가 더 눈에 들어온다고 했던가?

선친께서는 장손이라는 이유를 떠나서 참으로 이 아이
에 대한 기대와 사랑이 컸다. 그렇다고 그것을 밖으로 잘
표시하시지는 않았다. 그 까닭을 나는 잘 알고 있다. 내
선조부, 그러니까 아버지의 아버지께서 내게 보인 그 노
골적 총애를 무척 조심스러워 하셨으니까. 인간을 방자하
게 만들 염려를 버리지 않으셨으니까.

"아버지도 제가 기질이 평범하지는 않다고 여기셨잖아요?"

"암, 당연하지. 네 포부를 펼칠 수 있도록 애비가 뒷받
침을 못해줬을 뿐이지."

"별 말씀을 다 하시네요. 송구할 뿐입니다."

이런 정도의 대화를 나눴다. 선친과 나는 부자유친이었

다고 할 수 있다. 남들 모르는 애증도 물론 있었다. 서로 밖에 표시하지 않았을 뿐이다. 그러나 늘 대화했다. 이것은 지금 생각해봐도 위로가 되는 일이다. 가셔지지 않는 어떤 박탈감을 내가 끝내 버리지 못했을지언정.

하늘나라로 가시기 얼마 전에도 그랬다. 우연찮게 큰아이의 어떤 점이 그렇게 예쁘시냐고 여쭤본 적이 있다. 그때 대답해주신 말씀에서 나는 아버지의 혜안을 읽었고, 아버지의 믿음을 실감했다.

"저 큰놈을 대하는 태도는 제 어릴 때와 다르신 것 같은데요?"

"너, 정말 모르냐? 문제로다."

그 꾸중하는 듯 말씀하시는 소리를 듣고 놀랐다. 얼른 다시 여쭸다.

"네, 아버지. 어떤 차이가 있는데요?"

"아이에게 얼마만큼의 비범성이 나타날지 아직은 몰라. 그러나 저 나이쯤의 네가 따라갈 수 없던 것이 있지. 저 놈은 어린 것이 벌써 청탁명암淸濁明暗의 태도가 분명하구나. 그리고 더할 수 없이 온유해. 이것은 네 아우들, 사촌들은 물론 조카들 중에서도 으뜸이야. 집안의 장자가 이러하니 하나님께서 기뻐하시지 않겠니? 온유한 자는 땅을 기업으로 차지한다고 했어. 앞으로 많은 축복을 받게 될 것이야. 무슨 걱정이 있겠니.”

“네.”

“너는 그렇지 않았단 말이야. 사람에 대한 배려가 일방적이었어. 네 재주에 온유함을 갖췄으면 참 좋았으련만.”

“제 대신에라도 베풀어주시려는 하나님의 사랑이죠.”

“그래, 맞다. 너는 그때 참으로 안하무인이었어. 다 이 아비가 잘못 키운 탓이다. 네 할아버지께서 너무 추켜세우시기도 했고……. 그나마 자식들은 말씀의 원칙으로 키워보려고 애쓰는구나. 이것은 그야말로 하나님의 은혜가 아니겠누?”

THE TITLE HOLDER
—장손 타이틀 지키기 위한 트레이닝 지침서. 아주
즐겁게 웃으며 실행할 수 있는,

詩/ 박정규

우선, 아비와 조부의 피 빨아먹는 기술을 배운 다음 반드
시 등골 빼먹는 재간도 습득할 것
이 얼마나 절묘한 수법인지

원하는 건 무엇이든
손가락만 겨누면

그 다음 단계도 위와 동일함을 아시라

다시 말해서, 前 '타이틀 홀더'들의 껍데기까지 홀랑 벗겨
먹어야 한다는 말씀

그래봤자 이런 소리밖에 더 듣겠어?

"어이구, 잘 빠졌다 내 새끼! 지금 네 속이 허해 그런 모
양이니 아예 우리 뼈다귀까지 깨물어 먹어 보련?"

여름 지나고 쓴 편지

며칠 전 우리 큰아들이 말했다.

"아빠의 여름이 꼭 폭풍우를 헤치고 지나온 것 같네?"

"응? 폭풍우? 아닌데? 오히려 네가 그랬나보지?"

"뭘, 내가 아빠 대신 챙기는 게 당연하잖아."

그러면서 슬쩍 웃었다. 이 웃음을 보면 아내는 말했었다.

"너 제발 그렇게 좀 웃지 마라. 계속 사람 넋 뺏을래?"

앞으로 누구를 잡을지 모르겠다며, 네 아빠처럼 아무 여자에게나 함부로 웃지 말라며 깔깔거리게 만들던 모습이었다. 이 반듯한 얼굴이 빛나면 제 엄마는 좋아서 어쩔 줄 몰라 했는데.

지난여름 내게 어떤 일이 생겼었다. 예측 못하고 있던 일이다. 그 까닭으로 아이들은 방치돼 있다시피 했다. 그 시간 속에서 대학교 2학년인 큰아들, 아직도 미숙해 보이는 이 젊은이가 집안일 처리를 맡았다. 아우까지 제대로 챙기는 모습이었다. 많이 버거웠을 것이다. 그런데 밖에 내보인 행동과 마음가짐은 의외로 굳건한 것이었다. 제법 튼튼하고 흔들림 없는 사내의 모습. 녀석의 선조부께서 당신의 장손인 이 아이에게 늘 강조하시던, 상황이 어려울 때 나타내야 한다는 대장부의 태도에 다름없었다. 아들에 대한 확신이 새로워짐을 맛볼 수 있었다.

큰아이도 자기 범위 안에서 여러 관계성을 맺고 있다. 앞으로는 훨씬 많아질 것이다. 더 성장했을 때를 상상하면 기대가 점점 커진다. 지금보다 훨씬 깊은 신뢰와 존중을 받을 것이 분명하다는 생각 때문이다. 벌써 주변에 있는 사람들이 보여주는 태도가 그렇다. 여기에는 장유長幼를 모두 포함하고 있다. 신기하다. 대견함과 고마움 감출 수가 없다.

그날도 마찬가지였다. 상황에서 자유스러워진 아빠의 모습에 조금 활달해진 표정만 나타냈을 뿐이다. 어떤 경우를 만나도 일희일비하지 않는다. 나이가 한참 모자라는, 이제 갓 소년티를 벗은 젊은 아이의 태도가 이렇다. 과연 이럴 수 있는 것인지. 징그럽다는 생각이 들었다. 또 한편으로는 제법 믿을 만하다고 여기며 가슴을 쓸어내렸다.

참 묘하긴 묘한 녀석이다. 아비가 다시 세상을 향한 도

전의식을 갖게 만들어버리다니. 그것도 요란하지 않게. 이것을 가리켜 사람을 무의식적으로 설득하는 최우선의 가치, 진정성이 발휘하는 힘이라고 하는 것일까?

엊저녁에는 우두커니 앉아서 생각했다. 내 삶의 방식과 태도는 왜 그렇게 분별력이 모자랐을까 하는 것을. 그렇다고 많이 부끄럽지도 않으니 이상하긴 하다. 누구에게 잘 물어보지도 않던 의식의 허영심 때문이겠지.

자꾸 이야기가 길어질 것 같다. 각설却說해야겠다. 다만 이 여름이 지나는 동안 아이들은 그 내면까지 훌쩍 커버렸다는 것을 말하고 싶다. 나는 시 한 줄 쓰지도 못했는데. 이런 나태함을 들여다보며 조금 쓸쓸하기도 하다. 시 쓰는 일에 의미를 부여하며 살아온 삶이었다. 그렇건만 이 여름 동안 시달린 시간의 상념은 한 줄 문자로도 형상화시킬 수 없었다. 공연한 센티멘털리즘에 빠져드는 것을 보니 가을은 가을인가 보다. 이제 나는, 정말, 제대로 쓸 수 있도록 마음을 가다듬어야겠다.

겨울 지내며 쓰는 편지

1

큰아들과는 여러 가지 대화를 많이 한다. 그런 자리에는 작은아들도 대부분 같이 있다. 무심한 표정을 짓는다. 옆에 기대거나 붙어 앉아서 책만 읽는다. 곧 고등학생이 될 터인데 속내를 알 수가 없다. 다만 형제지간의 사이에서 만큼은 제 형이 앞으로도 충분히 의지할 만한 사람이라는 것을 인정한 태도이다. 자기 내면에도 빛나는 것들이 가득 들어 있다고 은연중 내비치면서. 이런 면에서 보면 자기중심이 분명한 듯싶다. 성품은 의외로 섬세하고 따뜻하다. 사람을 좋아한다. 배려할 줄 안다. 또 정직하다. 같이 이야기를 나누다 보면 정겹다. 읽을 것을 챙겨주면 거기 집중하기를 잘한다. 아예 몰두해버릴 때도 있다.

얼마 전에 숙부께서는 이 아이의 모습을 내 어렸을 때와 비교하셨다.

"너희 조부께서는 네 서독書毒을 경계하셨어."

그러면서 말씀을 이으셨다.

"저 아이에게도 읽을거리를 잘 가려줘야 할 것이야."

서독은 일종의 활자중독이다. 읽지 않으면 불안해하는 현상. 그래서 아무것이나 마구 읽는다. 이야기를 듣고 그냥 웃었지만, 또 몰래 고개 끄덕여야 했다.

2

내 성장기의 우리 집에는 꽤 여러 서책이 있었다. 숙부께서 보셨던 것이다. 그것을 닥치는 대로 읽었다. 집안 살림이 넉넉지는 않았다. 장손이라는 배려로 조금 더 용돈을 받을 뿐이었다. 그것 역시 대부분 읽을거리 사들이는 데 사용됐다. 국민학교라고 일컫던 초등학교 5~6학년 때 헤세와 까뮈와 카프카를 가지고 다녔다. 지금이야 흔한 일이다. 하지만 당시의 내 모습에 선생님들은 별 놈 다 봤다는 표정들이셨다. 특히 『변신』을 읽는 것을 보고는 좀 징그럽게 여기는 느낌이 역력했다. 그런 괴상한 놈이라는 소문이 학교에 퍼져 있었다. 점심시간이면 가끔 선생님들 중 한두 분씩 우리교실에 건너왔다. 등 뒤에 서서 물끄러미 내 읽는 모습을 지켜보기도 했다.

얼굴도 뵙지 못한 백부께서 단 하나의 자식으로 남기

신, 나이 차이가 꽤 많은 누님이 있다. 그 남편인 사촌매형은 마치 큰 형님 같았다. 지금은 미국에서 목회하는 목사님이다. 당시 그 학교의 선생님이었다. 집안의 장손계보長孫系譜를 잇는 부분에서의 까닭이기도 했겠지만 나는 이들이 애지중지하는 대상이었다. 또 이 매형은 타계하신 지 지금으로부터 얼마 되지 않은, 나를 총애寵愛하셨던 은사의 후배이기도 했다.

은사께서 지니신 존함의 함자는 성成자, 기基자, 훈勳자, 성기훈 선생님이시다. 뵐 때마다 나를 놀리셨다. 한참의 시간이 지나도 마찬가지였다. 그걸 정겨움의 표시라고 여기는 것 같았다. 하늘나라에 간 아내가 아직 건강하던 몇 년 전, 내 우여곡절의 소식을 듣고 부르셨다. 병상에 계신 그분을 함께 찾아가 뵈었을 때도 그랬다.

"너는 책 읽는 일 외에 할 줄 아는 게 뭐가 있누? 제대로 쓰기는 하누?"

벌써 까맣게 오래전 내 어릴 때의 일을 이분은 늘 이야기하셨다. 우리가 공유한 기억과 경험의 범위가 거기 제한돼 있기 때문이기도 하다. 이 한정된 경험의 범위가 내게 끼친 영향력을 아주 나중에 인식하게 된 사실이 있다. 그분께 배우던 훨씬 뒤의 일이다. 어쩌다가 나는 시를 쓰겠다는 마음을 갖게 됐다. 왜 그런 생각이 들었는지는 분명하지 않다. 하지만 그분이 보여 준 삶의 태도와 언어표현의 모습은 어떤 형태로든 내게 스며들어 왔을 것이다. 말하자면 나는 선생님을 진심으로 존경했던 것이다. 그때 들려주신 이야기가 있다. "사물을 관찰하는 시선이 따뜻해야만 하는 까닭에, 시인의 삶은 아름다울 수밖에 없다"는 말씀. 시를 쓰는 사람은 누구나 할 수 있는 말이다. 하지만 당시의 나는 이를 깊이 새겨들었다. 여태껏 잊지 않고 있다. 아름다움에 대해서 반응을 보이기 시작한 때였기에 그랬을 것이다. 그렇더라도 구체적 인식은 갖지 못했던 것 같다. 오랜 세월이 흘러서 이제야 겨우 그런 부분을 헤아리게 됐으니.

선생님께서는 시를 쓰신다는 사실을 잘 노출하시지 않았다. 흔적도 찾기 어렵다. 시집 한 권 남기지 않으셨다. 유명시인이 아니었다. 유고집遺稿集조차 없다. 안타깝다. 내가 살피는 일에 좀 더 세심했더라면 좋았을 텐데. 드물게 한 번씩 뵙게 될 때 시 한 편씩이라도 받아 놓았다면 그것이 내게는 많은 의미가 되지 않았을까? 나는 그런 부분을 헤아릴 줄 모르는 인간이었다.

읽는 일에서도 마찬가지였다. 중학교에 들어가서는 무작정 펼쳐들었던 칸트를 쩔쩔매며 읽다가 놓고, 몇 년이 지난 아주 나중에야 겨우 덮을 수 있던 기억이 있다. 말하자면 체계적인 독서지도를 받지 못했다. 또 어떤 책을 언제 읽어야 하느냐고 누구에게 물어보지도 않았다. 아무 책이나 많이 읽으면 되는 줄 알고 있었다. 선조부께서 내 서독을 염려하셨다는 것은 이처럼 까닭이 있는 것이다.

이런 나를 그 성기훈 선생님께서 늘 관찰하셨던 것 같다. 표시하시지는 않았다. 하지만 내 감수성은 그것을 느낄 수 있었다. 그렇다고 간섭하시지도 않았다. 아이로서의 독서를 지도해줄 단계는 지났다고 인정하셨던 것이겠지. 오래전 기억이지만 아마 그러셨을 것이다. 면식面識이 있는 숙부와 사촌 매형이 내 곁에 있던 까닭이기도 하고.

우리는 당시 3대가 한 집에서 살았다. 또 친척들 중에는 너, 나 할 것 없이 아이들 교육에 얼굴 내밀기 좋아하는 사람들이 많았다. 그러나 집안의 당돌한 어린아이가 읽는 것까지 챙겨줄 만큼 세심하지는 못했다. 핏줄의 종자種子 속에 그런 유전자만 넘실댔을 뿐.

그러니까, 읽으며 속에 담아두게 된 것들의 체계를 간추려놓거나 바로잡는 길의 이정표를 나는 받아보지 못했다. 그냥 읽는 자체에만 의미를 부여할 뿐이었다. 때문에 아직 집대성하지 못하고 있다는 변명이다. 누구를 탓하는 것이 아니다. 이제 이것들을 정리해보고 싶은 마음인데 그러나 여전히 우왕좌왕하고 있다는 뜻이다.

3

내가 젊다기보다는 아직 어려서 미숙할 때였다. 단 한 번, 종교적인 부분의 문제를 누군가에게 질문한 적이 있다. 내 존재의 본질파악에 관한 것이었다. 아주 심각했다. 당시 나는 신학교에 다니고 있었다. 그런데 그때, 우리를 가르치는 입장에 있던 사람의 답변은 제대로 된 인식에서 나온 것이 아니었다. 깊이 고민해본 경험에서 나온 것은 더욱 아니었다. 나름대로 상투적인 답변은 있었다. 그러나 성의를 갖춘 것이라고 여길 수 없었다. 또 자신이 인지하고 있는 범위에서의 정직한 진정성을 바탕으로 한 것도 아니었다.

이 사실을 확인한 다음부터 나는 누구에게 묻는 일을 버렸다. 그는 나를 그 부분에서의 제자라고 여겼다. 나는 그를 선생으로 존중했는데도 그랬다.

늘 당연하게 여기던 부분에는 누구나 습관적 인식을 하기 쉽다. 그러다가 더 깊은 본질에 대한 질문을 받으면 의외라고 여긴다. 답변해줘야 할 사람이 미처 인지하지 못하던 것이면 당황할 수도 있다. 그때 학습자에게 이 사실을 인정하지 못하는 부정직성은 앞서 있는 자가 지녀서는 안 되는 허위다. 또 이것은 배우는 자의 가슴에 말할 수 없는 횡포로 다가온다는 것을 그때 알았다. 아직도 내게 상처로 남아 있는 일이다. 내 삶의 방향이 바뀜은 이런 것들도 계기가 됐다. 분명 평계가 될 것이다. 그러나 존재성을 소중히 여기는 인식의 고민도 없이 가르치려는 태도를 용납할 수는 없었다. 진정성의 문제였기 때문이다. 그런 습관에 물든 태도가 나중에 내게도 나타날지 모른다는 두려움도 함께했다. 그것은 내게 반면교사였던 것이다.

각설하지만, 이것만은 말해둬야겠다. 나는 이제 삶의 태도가 견고해져 버렸다. 하지만 시적 대상을 향한 감수성까지 놓을 수는 없다는 생각을 하고 있다. 그것이 사람이든, 상황이든, 사물이든 마찬가지다. 이런 마음가짐만큼은 잃고 싶지 않다. 흔들리게 되면, 자의식 발동의 의지라도 사용해서 굳게 서 있으리라고 작정했다.

나는 여전히 두 아들의 아버지이다. 이들이 장성하여 가정을 이룰 때까지 말씀을 가르쳐야 한다. 그렇기에 이 태도는 더욱 버릴 수 없다.

역사 속에서 만난 사람

1

작은아이에게 이제 『로마인 이야기』를 읽어도 될 만한 나이가 됐다고 했다. 웃었다. 벌써 다 읽었단다. 같이 웃으며 속으로 중얼거렸다. '그러면 그렇지. 역사와 관련된 것이고 집에 있는 책인데 네가 여태 안 읽었겠니?'

녀석이 말했다. 자기는 이상하게 역사에 관련된 일들에 흥미가 생긴다고.

"그건 네가 사람이 살아온 이야기와 살아가는 이야기, 또 살아갈 이야기에 관심이 많다는 뜻이야. 아빠도 그렇거든? 그러니 앞으로는 사람의 본질에 대해서도 깊이 생각하는 습관을 키우렴."

대답해주고 났더니, 너무 피상적이고 관념적으로 이야기해 준 듯싶었다. 또 아비가 튼튼한 남자로서 제대로 살아가는 모습의 모범도 보여주지 못했다는 생각이 들었다. 이 삶의 태도는 은연중에 시 쓴다는 핑계를 댔던 것일까? 저 어린 것에게까지 쓸쓸한 우수를 많이 노출한 것 같으니.

2

역사 속에 살아 있는 남자들을 책에서 많이 만났다. 정서에 가장 실감 있게 다가온 인물은 다윗과 시저다. 그 인격함량과 정체성의 부분은 단순하게 논하기 어렵다. 다만 그 정도의 위치에 있던 사람들도 엉뚱한 실수를 저지를 때가 있었다는 사실이다. 거기 묘한 매력이 느껴졌다. 사람은 그런 것일 수밖에 없다고 여기면서도 그랬다. 실수를 저지른 다음의 마음가짐과 태도가 어떠했는지도 궁금했다.

다윗이 지닌 삶의 태도는 정말 반듯한 것이었다. 그랬는데, 정의正義의 부분에서 단 한 번 문제를 일으켰다. 원하는 것에 닿는 방식이 전혀 의외라고 할 만큼 비열했다.

이것과 경우는 다르지만 내 경험에서도 충분히 실감한 일이 있다. 현실의 어떤 부분에서 한번 문제가 발생하면 실수는 여러 군데로 이어진다는 것. 그 상황을 어쩔 줄 몰라 하게 된다는 것.

다윗도 마찬가지였다. 더구나 그가 일으킨 문제, 즉 간통 대상의 남편을 대하는 태도에서는 더욱 그랬다.

이 사람 '우리아'는 충성을 다한 신하였다. 그런 그를 처리한 방식은 정말 저급低級했다. 신뢰를 지워버림이라고 말하기도 아깝다. 심지어는 전장戰場에서 목숨을 잃게 만들면서 장수로서의 명예조차 지켜주지 않았다. 그 시대와 지금의 상황현실은 다르다. 당시에는 전장에 임한 장수가 어떻게 목숨을 던져야 명예스러운 죽음인지에 대한 공감된 인식이 있었다. 현대를 살아가는 소인배들은 거기에 대한 경외감도 제대로 느끼지 못할 것이다. 그때는 그런 태도가 일반적이었다. 자기 존중심을 지닌 사내들의 모습은 그랬다. 그러나 다윗은, 이 사람의 명예까지 그야말로 짓밟아버렸던 것이다. 친위대 대장이었다. 무수히 전쟁터를 넘나들 때도 밀착해 있었다. 급박한 위험에 노출되면 이 사람이 자기 생명을 대신하는 보호막(Protector)이었다. 전심으로 왕을 섬기는 사람이었다. 그의 아내와 간통을 저지른 다음에도 그랬다. 그 사실을 아는지 모르는지 전황보고를 위해 돌아와서도 군장을 풀지 않았다. 집에는 일국의 왕이 반할 정도의 미모를 지닌 아내가 있고 기회도 제공됐다. 하지만 혼자 집에 들어가서 쉬거나 아내와 동침하지 않겠다는 태도였다. 상황을 알고 있었는지는 확인할 수 없다. 그러나 다윗 정도 되는 사람이, 소위 말해서, 그따위 잔머리를 굴렸어도 흔들림이 없었다. 그냥 궁궐 앞에 군막을 쳤다. 그곳을 숙영지로 삼아서 머물다 귀대했다. 이 정도의 자존심을 지닌 사람이었다. 친위대는 왕의 최정예부대이다. 거기에 걸맞은 대우와 배려는 당연한 것이었다. 그런데도 다윗은, 아주 하찮은 졸병이 나서야 할 전쟁터의 자리에 그 지휘자인 이 사람을 내세우도록 만들었다. 그 모욕적인 상황을 물리칠 만큼의 영향력은 이미 상실시켜 놓은 다음이었다. 무장해제의 상태였다. 내 상상의 부분이지만, 다윗은 여기에서도 권력이 지닌 힘의 야비함과 교활함을 노출했다. 결국 우리아는 이름도 알 수 없는 아낙네가 성벽 위에서 던진 돌덩이에 맞아서 죽는다. 직접 죽임을 당한 것이 아니었다. 자신의 잘못이 노출되는 것을 꺼려한 다윗의 태도가 이랬다. 존재성 부분에서도 대단한 자긍심을 지녔을 장수를 그렇게 대접했던 것이다.

생각해보니 구역질이 난다. 다윗 정도 되는 사람도 본성의 부분에는 이런 구차한 모습이 감춰져 있다니. 의식하든 못하든, 또 너, 나 할 것도 없지만, 사람 본성의 정체는 이런 것인지.

이런 부분에서 시저는 좀 다르다. 본성의 감춰진 부분

은 헤아릴 수 없다. 다만 내보인 태도에서는 참으로 주변을 깔끔하게 존중하며 신뢰했다. 깔끔히 존중한다는 것은 심정적인 끈적임이나 웅크림이 없다는 뜻이다. 그만큼 기질이 활달한 사람이었다. 주변에 있는 사람들을 향해서 거리낌은 나타내지 않았다. 이는 남의 아내를 넘나들 때도 마찬가지였다. 다윗이야 오직 한 번뿐이었지만, 시저에게는 그런 횟수 자체가 대수롭지 않았다. 어느 여자든 옷 벗게 만드는 매력을 지니고 있었다. 외모가 출중한 사람이 아니었다. 어디 한군데 집착하는 사람도 아니었다. 말하자면 부대낌을 주지 않는 분위기의 소유자였다. 그런데 그러던 어느 날, 자기가 또 가장 신뢰하는 대상에게 생명을 앗겨버렸다. 이것은 무슨 어처구니없는 일인지.

다윗과 시저는 같은 시대 사람이 아니다. 천 년 가까운 세월의 격차가 난다. 하지만 그들의 정서에 일치하는 부분이 있다. 자기 마음이 움직이는 대로 행동하고 반응했다는 것. 스스로에게 그런 확신을 가진 사람들이었다는 것. 그들에게 있어서 이것은 방자함이 아니었다. 충동이야 있었을 것이다. 그러나 마음의 움직임, 직관에 반응한 행동결과를 끝까지 감당하겠다는 자의식이 더 앞서 있던 존재들임은 분명하다.

쓰다가 문득 이런 생각이 들었다. 지금 내가 거기에 멋대로 색깔을 입히고 있는 것은 아닐까 하는. 만약 그렇다면 이는 역사에 또 가면을 씌우는 가증스러운 행위일지 모르는데. 모든 시간의 의미가 착각이었다고 할 수밖에 없고. 만약 그렇다면 이는 내게 허무한 것이 된다.

이 단원에서 말한 것에는 사람의 심리와 존재성의 본질을 헤아려본 내 상상력이 포함됐다. 나는 대속代贖받은 피조물이다. 스스로에 대해서 충실한 세계인식을 지녔다고 믿는다. 그런 바탕에서 앞의 이야기를 썼다. 엄청난 착오는 없으리라고 믿고 싶다.

3

일을 처리하는 자기의 방식과 마음이 잘못됐음을 알았다. 방향설정과 관계를 맺고 있는 대상들의 존재성을 소중히 하는 부분에서 빗나갔음도 깨닫게 됐다. 그렇다면 즉시 돌이켜야 한다. 이것을 기독교에서는 회개라고 일컫는다. 여기에는 같은 상황을 반복하지 않겠다는 의지로서의 결단이 나타난다.

다윗이 그랬다. 돌이키는 일에 머뭇거리지 않았다. 불륜의 결과로 만들어진 자식 생명이 꺼져간다. 그것을 지켜보고 있다. 먹을 수도 마실 수도 없다. 머리를 쥐어뜯으며 고민한다. 그러나 그 생명이 스러진 순간부터 연연하지 않았다. 미련도 나타내지 않았다. 이것이 사람들을 놀라게 했다. 삶의 방향성에서 분명한 확신이 어떤 것임을 보여 준다. 여기에는 하나님의 뜻統治에 그대로 순응할 뿐이라는 수긍이 담겨 있다. 피조물로서의 유한성에 대한 인정이다. 자신은 하나님의 손길에 매달려 있을 수밖에 없는 존재라는 인식. 성경을 읽다 보면 이 부분에서 다윗의 정체성이 더욱 분명해진다. 또 한 가지가 있다. 우리아의 아내를 저버리지는 않았다는 것. 당시 시대상황에서 잘못된 일에 대한 책임감당이었다. 품에 거두었다. 결국 이 여인이 나중에 지혜의 왕 솔로몬을 낳는 것이다. 이 결과는 일을 저질렀더라도 돌이키고 나서 본질을 처리하는 부분의 방법이 반듯했기 때문일까? 거기에는 독특한 하나님의 섭리가 개입됐을 것이다. 나는 그렇게 믿는다. 나중에 다윗은 자기행위의 결과로서 감당해야 할 쓰라림을 톡톡히 맛봐야 했지만.

시저는 그런 기회를 갖지 못했다. 다른 면에서 살펴보면 의심을 모르는 사람이었다. 자기 통찰력을 믿었다. 삶의 방식도 마찬가지였다. 주변 사람들에게 모든 것을 던진 태도였다. 그래서 부루투스에게 무방비 상태를 노출했을지도.

여기서 세심히 생각해볼 것이 있다. 두 사람은 의지하

는 대상이 달랐다. 다윗은 하나님께 의지했다. 또 다른 이는 사람을 대상으로 삼았다. 결과가 이렇게 다르게 나타났다.

이들의 입장에는 고개 끄덕여줘야 할 것도 있다. 둘 다 피조물로서의 존재성을 지닐 수밖에 없는, 사람이었다는 것. 잘잘못을 따지기 이전에 한 가지를 더 생각해본다면, 이들은 일을 행한 다음 마무리 짓는 태도에서 천박함 따위는 개입시키지 않았다.

다윗에게 있어서는 단 한 번 그것이 노출됐다. 그러나 부끄러운 일임을 알게 되자 곧 돌이켰다. 원래의 그 성품은 사울 왕을 대한 태도에서도 나타난다. 오래 참을 줄 알았다. 그 내면 기질이 더할 수 없이 강건하고 거침없다는 사실이 터져 나온 것은 단 한 번뿐이었다. 골리앗의 맞상대로 자원하는 과정에서였다. 그 이후의 삶에서 내보인 태도는 반듯한 단정함이었다. 온유한 사람이라는 증거였다. 자기긍지도 대단했다. 첫사랑의 여인, 그러나 출신 배경의 차이 때문에 갈등을 겪었던 사울 왕의 딸이 내보인 가당치 않은 태도를 멸시하고 돌아보지 않은 것에서 역력하게 나타난다. 다윗은 그랬다. 이미 왕의 신분이었다. 그러나 하나님의 법궤가 다시 돌아오는 그 앞에서 춤추는 것도 부끄러워하지 않았다. 그로 말미암아 자기 체통이 깎이는 것쯤은 아랑곳하지 않았다. 그런 순전한 마음의 소유자였다. 정녕 하나님의 통치를 기뻐하는 사람이었다.

지금 내가 이런 이야기를 쓴 것은 어떤 메시지를 전해주고 싶은 마음의 움직임이었을까? 그들은 이미 오래전 시대의 사람들이다. 내 역할을 비교하자는 것도 아니다. 처신에서도 같이 비교해보려는 방자함을 품을 수 없다. 더구나 나는 맡겨진 책임을 감당하기 위해서 은인자중隱忍自重의 습관을 더 키워야 하는 사람이다. 그렇다면 이 모든 것이 자유로운 상상력과 활달함을 잃기 싫다는 까닭에서일까?

정서에 반응을 일으킨 글은 읽고 오래 마음에 담아두게 된다. 그러다 보면 말과 행동과 생각에 자중과 근신의 마음이 생긴다는 것을 말하고 싶어서였을지도 모르겠다. 그렇게 이유를 대봐도 어긋남은 없을지.

심심해서 그랬다고?

언제부터인가, 아이들과 목욕탕 가는 걸 좋아하게 됐다. 요즘은 간판도 무슨 사우나, 혹은 찜질방 등등으로 바뀌어졌다. 그곳에 가끔 아이들을 데리고 가는 이유가 있다. 가족이라는 관계성에서의 스킨십 결핍을 그렇게 해소하려는 잠재욕구가 발동되는 까닭이다. 어쩌다 한 번씩 주말에는 아이들의 요구사항이 생긴다. 아비의 천편일률적인 먹을거리 장만보다는 좀 새로운 것에 대한 기대. 그럴 때 그곳에 데려가기도 한다. 거기서 식사까지 해결하고 나올 수 있으니 내게는 편리할 때도 있다.

큰놈이야 말할 것이 없다. 이제 중 3인 작은놈도 벗겨놓고 보면 충분히 어른 같은 모습이다. 그런 녀석들인데도 때 밀어달라며 아비에게 선뜻 몸 맡기기를 잘한다. 게으른 놈들 같으니라고.

오늘도 그랬다. 마침 학교도 학원도 수업이 없는 토요

일이었다. 우리 작은 도련님은 친구들과 한참을 농구하다
가 들어왔다. 먼지를 잔뜩 묻히고 있었다. 하루 종일 자
다가 먹다가 읽다가 하는 큰아들과 함께 삼부자가 목욕
탕에 갔다. 거기서 무슨 돌솥비빔밥이라는 것도 시켜서
먹었다. 나오면서 나는 생수 한 병, 큰놈은 캔 커피 하나,
작은놈은 아니나 다를까, 달착지근한 탄산음료 하나를 들
고 나왔다.

　이것저것 대거리를 주고받는 동안 집에 거의 다 왔다.
그런데 아, 이런! 아파트 놀이터 옆의 화단에서였다. 심어
진, 키 작고 잎사귀 무성한 나무의 얼굴이 망가지고 있었
다. 그 행위자들은 초등학교 4～5학년쯤의 남매였다. 배
드민턴 채로 반복해서 후려치고 있었다. 대수롭잖게 여기
고 싶었다. 그런데 그 동작을 끊이지 않고 계속했다. 그
모습을 유심히 지켜봤다. 마른침이 삼켜졌다. 속에서 버
석버석 하는 소리가 들리는 것 같았다. 지금 미국에서는
상상도 못할 일을 우리나라의 핏줄이 이어져 있는 젊은
이가 저질렀다는데. 왜 그 일과 이 일이 연결 지어져서
떠오르는 것일까? 이상한 것도 발견했다. 지나가는 사람
들은 아무도 아이들을 쳐다보지 않았다. 그런 행동에 대
해서 관심조차 없었다. 계속 마른 침이 삼켜졌다. 1～2분
의 시간. 이렇게 지독하게 조바심 나는 것이라니. 저놈들

이 어서 그만뒀으면 좋겠는데.

나보다 더 심각하게 그것을 바라보던 사람이 있었다. 큰아들이었다. 제 아우에게 말했다.

"네가 가서 말려라."

"응."

우리 작은놈이 선뜻 대답했다. 그 반응도 의외였다. 그 말을 들으며 혼자 생각했다.

'어, 요놈들 봐라, 어디 한번 볼까?'

작은아들의 첫마디는 무덤덤했다. 질책의 느낌은 나타내지 않았다.

"야, 너희들 왜 그렇게 나무를 후려 패냐?"

이유 없이 나무를 후려갈기고 있던 녀석들의 대답은 또 간단했다.

"심심해서요."

"심심하다고 그러면 되냐?"

그때 오빠로 보이는 녀석이 우리 작은 아들을 쳐다봤다. 그런 관심이나 간섭이 낯설다는 표정이었다. 우리 도련님은 전혀 감정을 보이지 않으며 다시 말했다.

"이유 없이, 아무 반응도 보이지 못하는 나무를 후려치는 것은 아름다운 일이 아니지."

예측 못한 말이었는지 나무를 후려치던 손을 멈췄다.

"아름다운 일이요?"

거기에 대해서는 대꾸하지 않고 이어서 말했다.

"심심하면 둘째, 넷째, 토요일 오후에 우리 집에 놀러 와. 핸드폰 번호 가르쳐줄게."

"정말요?"

"싫으면 말고. 그런데 너, 이유 없는 이딴 짓이 '띨빵' 하게 보인다는 건 알지?"

해결이 됐다. 아마 그 아이들은 이런 일을 다시 반복하지는 않으리라. 우리 작은 도련님은 당분간 제 용돈 중 일부를 고놈들에게 좀 쓰게 될지도 모르겠다. 그래서 뭐, 모자란다고 징징대면 알아서 하라고 할 작정이다. 그러면서 궁금했다. 우리 작은아들은 어떤 인식에서 그렇게, 이유 없이, 물론 심심하다는 이유였지만, 아무 반응 못하는 나무 후려치는 것은 아름다운 일이 아니라는 말을 할 수 있었을까?

속으로 중얼거렸다. '놀랍다, 내 아들. 너야말로 정녕 아름다운 존재로구나.' 이제 중 3짜리가 갖고 있는 인식은 물론 그 언어표현과 어투까지 사람 놀라게 하는 것이었다. 시를 쓰는 아비조차 침 꼴깍 삼키며 감탄하게 만들었으니.

또 한 가지는 그 아이들이 나무를 갉겨대고 있던 태도였다. 어떤 결핍이나 정서의 불안정이 노출되고 있었다. 그런데 어떻게 우리 작은아이의, 그런 태도는 아름다운 것이 아니라는 말을 순순히 납득할 수 있었을까? 어투에 우격다짐 같은 것은 들어 있지도 않았는데.

아무래도 이 마음의 거울이 많이 흐려진 모양이다. 내 주관의 절대화라는 때가 덕지덕지 끼어 있는 것인지. 아주 작은 대상들에게도 눈높이를 맞출 수가 없다. 여전히 모든 상황을 내 초점의 각도에서만 바라본다. 그것을 늘 굴절시키고 과장되게 바라보는 이 모양새라니.

제 2 부

표의문자조립에 담아본 마음

사는 일에 대해서

詩心(시심)

豊足之心 生涯望(풍족지심 생애망)
詩而以樂 勞動困(시이이락 노동곤)

마음가짐 여유롭기를 원하던 삶이니
시를 쓸 수 있다면 고달파도 괜찮다

　자신에 대한 책임감이라면 이렇다. 호흡이 끊기는 날까지 해야 할 일에 대한 감수성을 놓지 않는 것. 물론 이것은 지극히 주관적일 수 있다. 개인의 가치관에 따라 의미 부여도 달라진다. 그러나 인간의 본분을 다하고자 하는 사람이라면 속해 있는 공동체와 다음 세대에게 더 좋은 유산을 남겨야 한다는 인식을 지니지 않았겠는가. 나 또한 마찬가지다. 마음 바탕에 자리매김한 것도 있다. 조금 많이 갖고 싶다는 것. 많이 누리고 싶기도 하다. 사는 날 동안 누구나 갖는 마음일 테지. 특별히 다를 것도 없다. 한 가지 덧붙인다면, 많이 갖게 될 경우 함께 나눈다는 명분으로 나는 또 많이 선심 쓰는 태도를 나타낼 것도 분명하다. 이런 마음가짐은 과연 정직한 것일까? 가만히 들여다보다가 이는 허영과 허위의식일 수 있음을 깨달았다. 여기에는 어쩌면 자기과시가 따라붙을지도 모른다. 문득 내가 이런 사실을 벌써 알고 있었다는 자각을 한다. 진정한 의미에서의 나눔은 그런 방식으로 실천되는 것이 아니라는 것도 알고 있었다. 다만 이를 인정하지 않았을 뿐이다. 그러면서 이것 역시 헛되다는 인식을 하고 있던 것까지 깨닫게 됐다. 어느 때부터였을까? 이를 삶의 초점으로 삼던 일이 막바지에 이르렀던 그때였을까? 두 번의 커다란 좌절과, 늘 같이 있을 것이라고 믿었던 관계성이 분리되던 시간에? 한 사람이 하늘나라로 훌훌, 날아갈 때 이 마음은 묵묵히 가라앉고 있었다. 여전한 집착과 몰두의 대상들이 남겨진 채였다.

내 집착의 대상에서 중심이라고 할 큰아들과는 대화가 통한다. 작은 녀석도 아비와의 대거리를 마땅찮아하지는 않는다. 가끔은 이들의 의식이 낯설게 다가올 때가 있다.

그때마다 그냥 웃는다. 한 가지 사실에 대한 인식을 놓지 않으려고만 할 뿐이다. 지워버릴 수 없는 간절함과 책임감에 대한 것. 내 아이들에게 삶에서 흔들리지 않는 원칙을 세워줘야 한다는 사실. 신기한 것이, 아비의 이런 태도를 녀석들은 버거워하지 않는다. 나 역시 당장 아비의 입장을 받아들여서 실천하라고 일일이 말한 적도 많지 않다. 그 존재성의 역할까지 왈가왈부하는 일은 내 영역에서 벗어난 일임을 알기 때문이다. 강요할 수도 없다. 그런 생각이다. 그렇다고 해서 우리 아이들이 아비의 마음을 무시하고 막무가내의 곁길로 나갈까? 천만에! 어쩌면 그런 확신 때문에 나는 태연한 것인지 모른다. 다만 늘 마음에 품어 아이들의 존재성에 대한 기도를 할 뿐이다.

위 단락의 글을 쓰면서 다시 헤아려본다. 내일 지구의 멸망이 와도 오늘 한 그루의 사과나무를 심겠다는 말의 뜻에 대해서. 이것이 소망에 관한 원칙을 언급한 것임은 누구나 다 알고 있겠지. 그러나 깨달음의 깊이와 실천의 지에는 많은 차이가 있을지 모른다. 소망은 관념이 아니다. 삶의 방향성을 정하고 그곳을 향해서 한 걸음씩 걸어가는 실천이다.

아이들을 위한 내 기도는 이렇다. 어떤 관계성에서든지, 신뢰와 존중을 받는 인격과 성품으로 성장해주기를.

하나님의 마음에 합당合當한 존재로서 그 달란트(Talent)를 잘 사용하는 은혜가 있기를. 말하자면 이것은 내 보상 심리이다. 그런데 내게 하나님의 선물로 맡겨진 두 아들은 여기에 잘 반응하려는 마음가짐을 갖고 있다. 고맙다. 사람을 향하는 내 아이들의 태도는 늘 정직하고 진실하다. 존재로서의 자신들에게 큰 긍지를 갖고 있다. 이것이 얼마나 감사한 일인지 타인들은 잘 모르리. 기독교적인 입장에서는 이것을 크신 은혜라고 한다. 한편으로는 내 마음이 너무 많은 욕심을 부린다는 생각도 든다. 그러나 이것은 내 남은 삶에서 가장 간절한 소망이다.

시를 쓰는 이 마음의 바탕에 자리잡은 정서도 마찬가지다. 하나님과 사람을 바라보는 초점에 맺힌 결실이 몇 편의 절창으로 남겨지기를 바란다는 것. 그렇게 주님께 간구하고 있는 이 염치없음이 나는 부끄럽지 않다.

어찌해야 할까?

何哉(하재)

詩作修行 愼又哲(시작수행 신우철)
吾不得達 擧子業(오부득달 거자업)

내 비록 시 창작의 태도를 무겁게 여겼을지라도 활달함에
는 닿지 못했다
마치 과거 준비하듯 얽매어 있었으니

그날 설교의 본문은 누가복음 15장 11절부터 23절까지
였다. 잘 알려져 있는 구절이다. 세 인물이 등장한다. 그
들이 보여주는 세 가지 반응과 세 가지 장면묘사가 있다.
먼저 나타나는 것은 아비에게서 받은 재물을 다 탕진한
후, 이러지도 저러지도 못하던 사람이 절망하는 모습이다.
아비에게 거침없이 재산을 분할해 달라고 할 만큼 생각

이 방자했다. 안일함과 쾌락에 쉽게 반응하는 기질이었다. 그러다가 나락에 떨어지게 된 그 성품의 일방성은 돼지 먹이로 던져진 열매 껍질을 씹으며 꺾인다. 이를 앙다물며 이제는 돌이키리라, 어떤 대접을 받더라도 감수해야 하리라, 결심하고 아비의 집으로 향하는 발, 거기에 초점이 맞춰진다. 그런데 여기서 더 주목해야 할 것은 그런 작은아들을 끌어안는 아버지의 손이다. 그것을 못마땅해 하며 부릅뜬 큰아들의 눈도 곁들여진다. 더구나 이 부릅뜬 눈은 어찌할 수 없는 우리들 자의식에 대한 상징이 아니겠는지.

그 말씀을 들으며 고개 끄덕였다. 위 단락의 내용들이 마음에 덧붙여져서 다시 구성됐다. 내 상상력은 이런 설교를 들으면서도 부풀려졌다. 동시에 마음바닥에서 눈물 찔끔 도는 것을 삼켜야 했다. 관계성에서 제일 중요한 것은 눈감고 대상을 끌어안는 것이란 말, 아마 잊히지 않을 것이다.

사용된 비유는 네덜란드 출신 화가 렘브란트의 '탕자의 귀환'이었다. 그 아버지가 돌아온 아들의 어깨에 눈을 감은 채 얹고 있는 손. 거기 비춰는 광선. 그 느낌을 감각해보라는 설교자의 말에 조용히 와 닿는 것이 있었다. 그림을 '살펴본' 감각에서는 비슷했다. 하지만 그 의미를

'받아들인' 감수성에서는 정말 큰 차이가 있었다. 들으며 생각했다. 기독교적인 용어로 회개하는 심정이었다. 나는 왜 이와 반대의 태도로 살아왔을까? 어떤 일에서든지 자타自他 따지지 않고 부릅뜨고 있었다. 세심히 살피는 것은 잘했다. 그러면서 이 입맛에 맞을지 안 맞을지 늘 가늠했던 기억의 맛, 새삼스럽게 쓰다. 이것을 자의식 충족의 방편으로 여겼다니. 제법 고상한 안목의 획득이라고 여겼다니. 그러면서도 눈감고 헤아릴 줄은 몰랐으니 늘 허전했을 수밖에. 그 까닭을 깨우친 순간 찾아온 쓸쓸함이여. 여전히 곤두서 있기를 잘할 자신을 들여다보면서.

내 시에서도 늘 결핍이 느껴지는 것은 이런 까닭들 때문일까? 반듯하고, 내용에 엄격한 진정성이 담겨 있다는 평評을 듣는다. 형식은 쓰는 일을 처음 시작하는 이들에게 모범으로 답습되는 듯싶기도 하다. 그러나 따뜻한 감동이 느껴진다는 말, 많이 듣지 못했다. 형식과 내용의 일치가 미의 궁극점이라고 한다. 그렇다면 내 시가 갖춘 격식의 형태는 아름다움에 조금 다가섰을지 모른다. 그러나 거기 각박함이 나타났다면 감동은 전달할 수 없다. 나 이제는 그것을 알겠다. 부릅뜨고 있는 것과 엄격함에도 차이가 있음을.

엄격한 따뜻함이란 아비가 그 작은아들에게 했던 것과

같다. 이유를 살피는 세세한 헤아림이 아니라 눈감고 가만히 끌어안는 것이다. 여기서의 엄격함이란 노심초사, 자식 돌아오기를 기다리는 아비 마음이 방심放心하지 않았다는 것을 말한다. 또 따뜻한 엄격함이란 아비가 그 큰아들에게 들려준 말에 내포돼 있다. 아주 가만히, 자기본질의 부분을 생각하게 만드는.

당부하고 싶다

當付(당부)

當此吾劃 惟未了(당차오획 유미료)
更期明日 詩路程(경기명일 시로정)

쓰는 일을 우리가 아직 끝내지 못했으니
날 밝으면 시의 길에서 다시 만날 수밖에

나는 사람이 지닌 가능성을 믿는다. 다른 이가 지니고 있는 잠재력을 발견해 내는 일에도 비교적 예민한 편이다. 그것을 발휘하도록 하는 동기부여의 일에 비전을 품기도 했었다. 그런 까닭으로 마음에 담아두게 된 사람들이 있다.

P 역시 마찬가지다. 오래전부터 알고 있다. 자세히 설명할 수는 없지만 다른 인연도 겹쳐 있다. 건축디자인에

관련된 일을 한다. 시적 감각이 돋보이는 문장표현력을 지녔다. 쓰는 일에도 재능을 나타낼 수 있는 감수성의 소유자다. 문단 데뷔는 하지 않았다. 개인 홈페이지를 글 쓰는 공간으로 삼는다. 언어표현에서 활달한 상상력을 나타낸다. 때로는 자기 하는 일을 빗대어 "어휴, 이놈의 노가다 지겨워."라는 거친 말로 뱉어낼 때도 있다. 그렇더라도 나중에, 한 권의 시집을 갖게 될 수만 있다면 자기 살아가는 방식이 그렇게 허망하지는 않겠다는 말도 했다. 그러니까 쓰는 일에 애착을 갖고 있다는 뜻이다.

그것을 가끔 읽는다. 훈수나 핀잔도 한다. 다른 이들에게도 그렇게 하는 경우는 있다. 그러나 이 사람에게는 더 세심한 관심을 갖고 있다. 그러던 언제였던가. 통화를 하다가 언어 선택의 태도에 대해서 꾸중처럼 이야기한 적이 있다. 내가 먼저 문단에 나온 시인이랍시고, 주제넘는 일이었지만, 나이 차이도 좀 있어서 그랬겠지. 그런데 대드는 것이었다. 왜 여태껏 자기를 아이 취급만 하느냐고. 불현듯 화딱지가 났다. 전화를 끊어버렸다. 혼자 중얼거렸다. '하긴, 네 놈도 이제 마흔을 넘어서는구나.'

정확히 2시간 후, 다시 전화가 왔다. 이미 늦은 시간이었다. 우리 동네 근처에 와 있다는 것이었다. 의외였다. 그 정도의 거리를 이 정도의 시간에? 오려고 준비했을 시간을 감안하면 과속운전을 했단 말이지?

그때 생글생글 웃으며 하는 말은 이랬다.

"선생님, 난 시인보다는 차라리 시인 '마누라'가 되는 게 낫다고 생각해요."

찰랑거리는 긴 머리에서는 팜므 파탈의 냄새가 풍겼다. 기가 막혔다.

"우리들 나이 차이는 생각해 봤니? 내 입장에 대해서도? 네가 사람 보는 안목도 어지간하다. 어디 나 같은 이에게 그딴 소리람? 쓸데없는 소리 지껄이면 나 화낼 테다?"

또 화딱지가 나는 기분이었다. 그런데 눈에 물기를 담았으면서도 생글거리는 표정의 대꾸가 이어졌다. 장황하고 엉뚱했다. 내 눈치를 보고 말투의 어미語尾에 일부러 장난기의 과장법을 쓰는 것 같았다.

"전 결혼한 경험이 없으니 걸릴 게 없고요. 그 댁 아드님들을 잘 알고요. 제법 생겼다는 소리도 듣고요. 조금 모아놓은 것으로 앞가림할 만하고요. 괜찮은 직장 있어서 부담 없으실 테고요. 나이 차이라고 해봐야 띠 동갑이고요. 아, 참. 그리고 저는 눈이 높아서 그래요!"

갑자기 킥킥 웃음이 나왔다.

"으이그, 딱한 것아. 언제나 철이 들래?"

달려와 이렇게 쏟아놓은 말에 함께 살고 싶다는 뜻이

담긴 것은 아니다. 내 태도에 상처받았다는 표시의 방법일 뿐이다. 이런 사실은 서로 훤히 알고 있다. 그러니 어떤 말을 주고받아도 부담이 없다. 자기의 상황을 털어놓을 길이 막혔는지 아닌지 확인해보는 것이니까. P가 가끔 나를 툭툭, 쳐서 건드리거나 내가 그것을 슬쩍, 무시해버려도 앙금은 남지 않는다. 말하자면 허심탄회의 관계성이다. 이처럼 짓궂게 수다스럽게 나를 놀리기 잘한다.

지방 쪽에서 열리는 문학행사에 어쩌다 초청받는 경우가 있다. 주말일 경우가 대부분이다. 그럴 때 늘 태워다주고 태워다 놓는다. 내 차를 가져가거나 혼자 기차나 버스 타겠다는 것도 말린다. 다음 날의 예배에 지장이 없도록 하기 위해서란다. 그런 핑계로 따라나선다. 함께 사람들을 만나면 정녕 요조숙녀의 조심스러운 언행태도다. 그런데 묘하다. 이런 모습이 나를 내세워지게 만든다. 이미 상당한 필력을 지닌 사람이다. 저도 별수 없이 나이 들어가지만, 아직은 돋보일 만큼의 미모도 유지하고 있다. 그런 이가 내 눈짓 하나에 기꺼이 반응하는 모습을 내보인다. 아무리 사람들에게 내 제자처럼 여겨진다 하더라도 그게 좀 그렇다. 굳이 호남 사투리로 표현해보자면 분위기가 '거시기'하다. 이럴 경우 대부분의 남자 문인들은 우리 관계성에 대한 호기심을 나타낸다. 모이는 이들 중에는 글 쓴답시고 같잖은 꼴값 내보이는 여류女流들도 간혹 있다. 아직 젊은 여성문인들에게서는 아니꼽고 눈꼴시어 못 봐주겠다는 모습이 노출되는 것도 사실이다. 이를 세밀히 살펴보다가 문득 떠오르는 것이 있었다. P가 이런 자리에 선뜻 잘 따라나서는 것은 내가 새로운 관계성 만드는 일 자체를 원천봉쇄하기 위함이 아닐까 하는 생각. 내가 독거獨居하는 것은 저들도 알고 있어서 하는 말이다. 물론 착각이겠지. 착각이었으면 좋겠다.

그러다가도 어처구니없을 때가 많다. 둘만 있으면 내 앞에서는 거리껴지는 게 없다니. 이 인간이 사람을 우스꽝스럽게 보는 것인지, 아니면 정말 편하게 아무것도 구애받지 않겠다고 작정해버린 것인지. 때로는 이런 말도 서슴없이 지껄인다.

"선생님, 여자랑 같이 있어본 지 얼마나 됐어요? 내가 좀 섹시하지 않나? 응? 왜 반응이 없어요? 같이 예수쟁이라서 그런가? 너무 고전적인 분이어서 책임지라고 할까 봐? 아, 얼마나 오래된 세월인데 우리는 여태 이 모양이냐."

하여튼, 그러거나 말거나! 내게는 상관없는 일이다.

사실 어쩌다가 한 번씩 제법 큰 키가 팔에 매달려 살랑거리는 것이 싫지는 않다. 그 가슴의 촉감에 들척지근해질 때도 있다. 그러나 또 한편으로는 이렇게 생각할 뿐이다.

 '그래, 나를 통해서라도 어서 상처가 치유되기 바란다. 그 일렉트라 콤플렉스(Electra Complex) 같은 것들. 그러나 이것아, 네가 쓰는 일에 몰두하면 그런 일은 더 속히 치유될 수 있을 것이야.'

쓸쓸함에 대해서

憂愁(우수)

時來詩人 心思想(시래시인 심사상)
情花送歸 留香痕(정화송귀 유향흔)

만나는 이들은 이 마음의 생각을 짐작하고만 있을 뿐이다
사랑은 갔는데 향기의 흔적을 끌어안고 있는 것에 대해서

　나이 먹어가면서도 누가 카메라를 들이대면 철없는 포즈를 취한다. 손가락으로 V자 표시를 잘하는 그런 심사를 헤아려본다. 도대체 무엇에 이겼고 또 무엇을 이겨보겠다는 것인지. 어쩌면 이 자의식이 노출되는 것이 싫어서 오히려 과장된 표출을 하는 것일지도 모르겠다. 그런 생각을 하며 혼자서 반성해본다. 이는 외부에서의 관심표시에 일일이 대꾸하기 귀찮다는 표시의 덧없는 짓이었다

고. 그것이 오히려 과장법으로 나타났다고.

　아주 가끔일지라도 나는 이미 마음이 가라앉은 사람이라는 느낌이 들 때가 있다. 왜 그런 것일까? 정말 이제는 어떤 신호에도 반응하지 않는 습관이 만들어진 것일까? 외부에 대한 책임감을 다하지 못했다고 여겨져서? 그러면서도 아무렇지 않은 듯 허위적인 태도를 보일 수 있는 자신에게 꼴값 떨고 있네, 야유해주고 싶은 심정은 또 무엇인지.

어렵게 알게 된 일

困知(곤지)

困知得名 無長樂(곤지득명 무장락)
去悔增年 不讀誠(거회증년 부독성)

이름을 얻는다고 늘 즐거워 할 일이 아님을 나이 들어가
면서 어렵게 알았다 또 하나 뉘우치는 것은 성의 있게 읽
지도 못했다는 것이다

문득 셰익스피어의 글이 생각났다.
"상처를 맛보지 못한 자는 남의 흉터를 보며 웃는다."
책 제목이 아리송한데 예배시간의 설교 중에 저 말이
인용되는 것을 들었다. 나도 읽은 기억이 남은 이 구절이
거기 합쳐졌다. 문장이 정확한 것인지 확실치 않다. 다만
같은 내용이었던 것 같다. 그러면서 생각했다. 내 삶의

태도 역시 다른 이의 보이지 않는 부분은 헤아리지 못한 것이 아니었는지. 거슬리고, 같잖은 일이 많다고 느끼며 보낸 세월이었다. 혼자만의 쓰라림을 끌어안고 끙끙거릴 때가 있었으면서도 그랬다.

그렇다 하더라도 읽은 기억이란 참 이상하다. 어떤 상황에 마주치면 오래전에 읽으며 받은 느낌과 또 다른 정서가 발동된다. 활자중독자의 특징일까? 그래서 나는 시를 써야 하는가 보다. 이런 모든 것들이 다 내 시로 만들어질 수 있도록 손 모은다. 그 생각을 하다 보니 다시 떠올려지는 구절이 있다.

"잊힌 기억일지라도 속에서 숙성되다 보면 그것 또한 시를 쓸 수 있는 제2의 정서가 된다."

워즈워드의 이 말은 정말 놀라운 통찰이다.

남겨질 기억

哀心(애심)

金花紅花　多處發(금화홍화 다처발)
孤掌難鳴　哀哀心(고장난명 애애심)

노랑 빨강 반짝이는 꽃 숱하게 번졌으나
혼자는 손뼉 치기 어려워 마음이 아리다

1

　세상살이, 그 관계성에서 제일 모진 것이 그리움이라는
말을 들었다. 마주 보며 발생시켜야 할 정서의 파장이 서
로 닿을 수 없어서라고 했다.

2

그때가 언제였던가. 그러니까 아주 오래전, 어떤 이가 저 말을 단 한 번, 내게 한 적이 있다. 그냥 못들은 체했고, 그렇게 내색하지 않으면서 세월을 지내왔다. 그 P와 함께 식사를 하게 됐다. 하늘나라에 간 아내의 초·중·고등학교 후배다. 나하고는 남이라고 해도 상관없을 아주 먼 친척이다. 그러나 집안의 왕래는 잦았다. 둘은 한동네에서 살았다. 교회도 같이 다녔다. 우리가 결혼한 후에는 더 친숙해진 눈치였다. 내가 지휘하던 성가대의 자리까지 따라나섰다. 이 역시 리릭 소프라노의 음색. 떨기를 잘해서 혼자 불러볼 엄두도 하지 못하던 아내와는 달랐다. 시키면 곧잘 독창을 했다. 미대를 다녔지만 피아노 솜씨도 괜찮았다. 라흐마니노프를 능숙하게 연주했다. 하긴, 코흘리개일 때부터 피아노를 쳤으니까. 이런 부분을 포함해서 여러 부분에 대한 이해와 공감대가 형성돼 있다. 세 집안의 인연까지 겹쳤으니 말하자면 허심탄회한 사이다. 친하다. 오래전에도 나와 아내와 이 사람과 내 여동생까지 동행해서 외출하기를 잘했다. 다들 남매지간으로 여겼다. 그럴 때마다 큰오빠, 큰오빠 하며 매달려서 유난을 떨었다. 아내는 "아유, 이것아, 그만 좀 해. 저 사람 힘들겠다." 하면서 같이 깔깔거렸다. 그 심정을 안다는 표정이었다. 하지만 경계심은 갖지 않았다. 작은 소녀를 갓 지났을 때부터였으니 정말 오래되기도 했다.

지금도 만나면 곧잘 핀잔을 준다. 일을 핑계로 결혼도 하지 않은 미친 것이라고. "너, 미모만 믿고 여태 눈높이 그대로냐? 그거 꼴값이야, 금방 늙어. 알지?" 그럴 때에도 이 인간은 맞아요, 대답하며 생글거리기만 한다. 가끔은 안타깝기도 하다. 넘나들 수 없게 미리 선을 그어놓았으면 좋았을 텐데.

그날은 술도 마시게 됐다. 다른 것은 허영심을 마시는 것 같아서 나는 주로 소주를 택한다. 평소에 이 사람은 와인 같은 것도 마셔보자며 우겨대기도 했다. 하지만 그 때는 별 투정이 없었다. 표정만 밝지 않았다. 이번 여름을 지나며 내가 겪은 일에 대해서 일언반구도 없었다는 책망이었다. 기막힌 경우였는데도 자기 여건을 활용할 생각은 하지 않았다는 존재감 상실 때문일지도 몰랐다. 나는 여태껏 서로의 관계성을 일반적인 것으로밖에 여기지 않았다. 그러니 그런 구차한 상황을 알릴 필요는 느끼지 못했다. 그런 내 생각에 대한 반발심이었다. 그렇다고 별 내색을 할 필요는 없었다. 그 따뜻함 마음은 읽을 수 있다. 하지만 언급하기는 싫었다. 말하지 않았어도 지금 나란히 앉아 있으니 그만 아니겠는가.

취기가 있는 나를 깨운다며 한강변에 데려갔다. 그 자동차 안에서 초겨울 밤하늘을 올려다봤다. 그때도 나는 다른 생각을 하고 있었다. 큰 종이컵으로 만들어진 커피잔의 플라스틱 뚜껑도 열지 않은 채였다.

그런 내 태도와 마음가짐은 어떤 모습이었을까? 짙고 어둡게 푸른 하늘색처럼 냉정하고 답답한 것이었을까? 어쩌면 전에 이 사람이 선물해준, 18K 펜촉으로 무장한 프랑스제製 만년필의 잉크 색깔이었을지도 모르겠다.

왜 이런 태도가 습관처럼 돼버렸을까? 왜 이것을 당연하게 여기고 있는 것일까? 그런 생각이 떠올랐기에 무표정하지만, 그러나 간절하게 말해줘야 했다.

"나는 이럴 수밖에 없음을 알아주면 좋겠어."

말하면서 정말 미안했다. 마음이 스산해졌다. 그것까지 감출 수는 없었다. 우리의 한계가 그랬다. 더 깊이 쓰다듬는 것은 내가 용납할 수 없다는 것에 대해서.

시를 안 쓰면 무엇을 할까

認知(인지)

對酌白酒 有情人(대작백주 유정인)
禮若疎疎 滿醉欲(예약소소 만취욕)

소박한 술일지언정 마음 나눌 수 있는 이와 마음껏 취해
보자던 욕심, 이것은 예를 소홀히 한 것임을 알았다

아무리 돌이켜봐도 나는 든 것이 별로 없는 사람이 분
명하다. 해놓은 일 없이 나이만 늘린 것을 보면 잘나지도
못했다. 거기다가 제대로 된 사람도 아닌데, 삶의 흔적을
되새겨보는 일과 더 걸어가야 할 길의 모습을 살펴보는
습관만은 갖고 있다. 그러니 정신은 늘 피곤하다.

재작년 초가을쯤이던가? 안면을 익혀둔 시인들 몇을

만났다. 내 아는 시인의 문학행사 때였다. 친밀한 이들도 두어 명 보였다.

뒤풀이 자리에서였다. 다들 취기가 오르던 중에 한 사람, 꽤 알려져 있는 여성시인이, 자기는 시를 안 쓰고 있으면 꼭 죽은 것 같은 기분이 든다고 했다.

그 말을 듣고 내가 무척 화딱지를 냈다. 다시 생각해보지만 유별난 반응이었다. 왜 그랬을까? 그 습작기의 시절부터 알고 있어서였을까? 취기를 빙자해서 좀 무식하게 쏘아붙였던 것도 새삼스럽다.

"시 안 쓴다고 죽냐? 헛소리하면서도 폼은 더럽게 잡아요."

그랬는데, 그이는 나보다 연배가 새파랗게 어렸는데, 립스틱도 바르지 않는 입술에서 돌아온 답변이 사람을 유구무언으로 만들었다.

"그럼 시 쓰지 않으면 뭐 하라는 건데요?"

그 말을 듣고도 열이 계속 솟구쳤다. 내 강박관념이었겠지. 그냥 아니꼬웠다. 거기에는 자기필명의 과시가 느껴져서이었다. 그때의 느낌이 그랬다. 대꾸할 말은 찾지 못했다. 시 쓰지 않으면 뭐 하라는 것이냐는 말에 정곡을 찔렸기 때문이었다. 너무 예민하게 굴었다는 자각도 생겼다. 이를 삭히느라 술잔 털어 넣는 일을 몇 번 연속해야 했다.

그런데 나중에는 그렇게 마시는 잔을 채워주던 이 사랑스런 시인도 취해버렸다. 잘 가누지 못하는 몸을 내게 기대기도 했다.

사람들은 "쟤, 왜 저래?" 하는 눈빛이다가 재미있어 하는 표정이 됐다. 상관없었다. 난처하지도 않았다.

아내를 먼저 보낸 이후, 술 마시는 외에는 소통의 통로를 차단했던 나. 그리고 시 쓰지 않으면 뭐 할지 막막하다는 사람과의 관계성이 그랬다.

이 그리움 그대 모르리

相思(상사)

詩作筆痕　層層階(시작필흔 층층계)
定情心痕　重重錐(정정심흔 중중추)

시 쓰는 흔적은 쌓여 가는데
정 품은 마음의 자국 무겁다

　한 해, 두 해, 세 해가 가고 또 한 번의 그 막막하던 초여름을 맞는다. 가벼워지는 연습, 억지로라도 해보는 동안 하늘을 바라보며 이렇게 말해줄 수 있게 됐다.
　'차츰 잠든 기억이 되겠지. 속에서 가만히 숨 쉬고 있을 테지만. 그것까지 나는 각오하고 있어.'

　입대한 큰놈의 편지에는 이렇게 쓰여 있었다.

“엄마 떠나보내던 날과 훈련소 퇴소 날이 겹쳤네요. 자꾸 엄마생각이 나지만, 그래도 제가 많이 강해진 걸 느껴요. 아빠께 배운 책임감이 무엇인지도 실감하게 됐고요.”

그러면서 “아마 아빠보다 내가 더 세졌을 걸?” 하는 말을 우스갯소리처럼 덧붙여 놓았다. 그렇게 읽는 마음을 가볍게 해준다. 묘한 놈. 그 심정을 이 아비가 왜 모르겠느냐.

그나저나 내 이런 심정은 아내에 대한 여전한 사랑일까, 아니면 집착일까.

여러 번 벽에 부딪는 삶이었다. 그 시달림 속에서 가정의 울타리까지 허물어뜨릴지 모르는 나 자신이 두려웠다. 제멋대로의 포부 따위는 하나씩 접어야 했다. 그게 안타까워서 떨어뜨리던 아내의 그 맑은 눈물에 대한 기억이 남았다. 나를 알아줬고, 이 존재성에 대한 긍지가 항상 당당하기를 바라던 헌신. 사랑이란 그런 것인가. 내 비록 거기 제대로 반응하지 못했을지언정, 이제는 분명히 알겠다.

오늘도 묵묵히 성경을 읽는다. 거기에서 한 사내를 만난다. 아들 둘을 남기고 먼저 떠난 아내, 라헬을 평생 그 생각 속에서 놓지 못했던 사람 야곱. 그 심정도 이런 것이었을까를 헤아려본다.

아내

　　—아스피린의 또 다른 이름,
　　때로 위출혈도 무릅쓰게 하는
　　　　　　　　　　詩/ 박정규

　설렁설렁 지내버린 시간 위에 金花淑의 세월이 포개져
있다 대수롭잖을 수도 있으련만 쉽게 삼켜지지 않는 것들
이 자꾸 걸린다

　오늘도 술을 마시면서
　한 모금 할 줄도 모르던 것의 눈빛이 오히려 더 취하게
하던 것을 생각한다
　그 눈에서 가끔 구슬 같은 것이 떨어지면
　덩달아 이 몸을 덮고 있던 헛됨의 비늘도 한 개씩 떨어
지는 것 같았다

　잠시 그것을 떠올리다가
　다시 또 취해보다가
　한 번 데워줘 보지도 못한 그녀의 세월을 후후, 불어
삼키기로 한다

　새삼스레 속 아려오는데
　그 눈빛 별로 반짝이게 하려면
　이까짓 위통쯤은 견뎌내야 할 게다

변심했던 아내를 기억함

깨닫게 된 마음

熟眠(숙면)

有情人配 山果酒(유정인배 산과주)
興醉熟眠 禮若疎(흥취숙면 예약소)

직접 담근 술을 보내주다니
즐겁게 마시고 깊이 잠들 수 있었지만
인사는 전하지 않는다

관심 가질 만한 사람을 누가 소개해줬다. 아직 많지 않은 나이였다. 용모가 맑았다. 분위기도 통했다. 곧 싫증날 것 같지는 않았다. 하늘나라에 있는 그 사람보다 나이가 두 살 더 어렸다. 지금은 좀 떨어진 곳에 전근됐지만, 얼마 전까지 인근 중학교에서 그림을 가르치던 교사였다. 시인으로서의 내 정서도 낯설어하지 않았다. 가끔 시간을

함께하는 동안 맵씨, 말씨, 솜씨까지 그럭저럭 닿는 것
같았다. 그러다가 나를 들여다보게 됐다. 이것들을 어우
를 만한 맘씨를 내가 지니고 있는가에 대해서. 문득 이
모든 일의 덧없음과 일치하지 않음이 깨달아졌다. 나는
여전히 아내에 대한 기억을 놓지 못한다. 이럴 경우는 망
설일 필요가 없다. 선을 긋는 것이 서로에게 앙금을 남기
지 않는다. 관계성에 대한 부담과 확신이 생기지 않음을
내비쳤다. 대꾸해온 말이 있었다.

"참 정직한 분이시네요. 흑심이 없다는 뜻이잖아요. 무
엇이든 급하게 서두를 필요가 있을까요? 아무것도 단정 짓
지 말고 더 지내보도록 해요. 저는 조건을 살피는 것도 아
니니까요. 여태 혼자 살면서 상처 많거든요. 사실은 선생님
이 점점 좋아져서 그러는데. 흔치 않은 분 같기도 하고."

그때 느낀 것이 나는 이제 으쓱대기 싫어진 사람이라
는 확인이었다. 속으로 중얼거린 말이 이랬다.

'상처? 나는 그것을 치유시키거나 회복될 때까지 기다
릴 에너지가 남아 있지 않은데, 이를 어쩌누.'

그러나 어쩔 수 없었다. 내 마음 어찌 움직이는지 좀
더 지켜보기로 했다. 한 마디만 덧붙였을 뿐이었다.

"이제, 교회에 다시 나갈 거죠?"

사람과 사람의 사이

接賓(접빈)

先祖敎訓 禮接賓(선조교훈 예접빈)
今時吾事 無心態(금시오사 무심태)

어른들께서는 예의로 사람을 대하라 하셨는데
지금의 나는 아무도 마음에 두지 않고 있구나

　여전히, 사람과의 관계성에 무심하다. 무심하다기보다는 넘나드는 일이 어려운 일이라는 사실을 더 분명히 인식하게 됐다.
　전에 아주 쓰라린 일을 겪은 어떤 이가 그래도 예배에 참석했다. 교회당의 식당으로 내려가는 계단 아래에서 마주쳤다. 그때 아직 젊은 그 여자 분을 사람들이 많은 공개적인 자리에서, 그냥 한 번 꼭 끌어안아 줬다. 내 마음이 그렇게 움직인 때문이었다. 입에 발린 소리로 위로한들, 그게 위로가 되겠나. 그래서 그랬던 것인데, 지겹기도 하지. 그걸 또 수군거리는 것들이 있었다. 앞에서도 썼지만 사람을 향한 내 진정성은 그들에게 오히려 낯선 것이었다.

상대가 아무런 의미를 부여받지 못하는, 혀끝에서 나오는 말을 뱉는 것은 가식이다. 허위. 하고 많은 낯간지러운 소리는 마음에 여유가 있는 이들에게만 그럴듯하게 들린다. 심정의 절박함을 맛보고 있는 이에게는 관계성에서 오히려 공허감을 더 해주는 것인데……. 하긴, 이런 사실은 헤아릴 필요가 없다고 여기는 인간들이 더 많은 세상이니까.

그렇다 한들 한 가지 말해둘 것이 있다. 내가 바라보며 늘 기꺼워할 수 있는 젊은이들에게는 빈말이라도 격려와 정겨움의 표시를 하고 싶다고. 그들의 꿈과 그들의 비전을 향한 달음질에 손뼉 쳐주는 일에는 언제든지.

같이 시를 쓰는 사람들

詩情(시정)

交分之情 信相敦(교분지정 신상돈)
激詩文勵 情不醒(격시문려 정불성)

정 나눔에 있어서는 믿음이 두텁고
쓰는 일 부추김에는 정이 가득하고

그냥 이름 한번 부르고 싶다. 내가 좋아하는 사람들.

요즘은 더욱 마음이 가라앉는 듯하다. 그러나 이것을 박차버리고 싶다는 핑계로 언행심사를 흩어놓는 일이 쉽지 않다. 이런 마음이 통할 누가 내 주위에 있을까?

맺고 있는 관계성을 생각해본다. 그중에서 쓰는 일을 함께하는 이들을 떠올리면 늘 정겨운 마음이 드는 것도 묘하다. 이름을 부르다 보니 여럿이다. 아주 친밀한 감정

이 느껴지는 이들도 있다. 그러니 됐다. 이만하면 쓰는
일이 그리 허전하지는 않겠다.

무슨 말을 할 필요는 없겠지, 그러나······.

朋獨(붕독)

人多取醉 不勸酒(인다취취 불권주)
人少知意 獨筆詩(인소지의 독필시)

취해보려는 이 많은데 마음의 잔은 권하지 않는다 품은 뜻
헤아리는 이조차 드물어 다만 혼자서 시를 쓰기로 한다

둥둥 떠다니는 것들

疑問(의문)

行步端正 今時小(행보단정 금시소)
自稱先鋒 現世多(자칭선봉 현세다)

그 발걸음 반듯한 이는 드물어졌건만
우쭐거리는 이는 왜 이리 많아졌는지

1

그 사람의 아들이 하신 말씀 중에, "말세에 믿음을 보겠느냐"는 탄식이 있다. 여기에 대해서 가타부타 토를 다는 것 자체가 방자함이리니. 다만 이렇게 고백할 뿐이다.

"주님, 지금까지의 삶은 제 잘났다는 것을 내세우고 싶어서 불뚝거리는 발버둥이었습니다. 이런 모습 다 보고 계셨지요? 반듯해지기를 여전히 기다려주고 계시지요?”

2

선배시인이 홈페이지에 올린 글과 사진을 봤다. 이 세상은 나를 술 마시게 한다는 제목이었다. 이 김종태 형과는 가끔 만난다. 만나면 반갑다. 이것저것 대화가 막히지 않는다. 거리껴지는 이야기도 별로 없다. 언젠가 만났을 때는 심각한 이야기가 많았다. 홈페이지의 글을 읽다가 그와 나눴던 이야기가 떠올랐다. 자신이 기독교인이 됐지만 술 마시는 일을 끊지 못한다며, 술 마시는 일 외에는 위로되는 일이 없다며 한숨을 쉬던 일. 남녀를 포함한 여러 관계성에 관한 이야기 끝에 나온 말이었다.

그때 나도 함께 몇 잔을 마셨지만 말해줘야 했다.

기독교인이라 하더라도 술 마시는 일은 개인의 자유다. 그러나 안 마시는 것이 진정한 자유다. 그렇다고 너무 힘들어할 필요는 없다. 이것은 억지로 되는 일이 아니다. 때가 되면, 이런 부분에서도 자유롭게 하는 보이지 않는 손길이 함께하리라고. 우리 몸이 거룩한 성전이라는 인식이 분명해지는 날부터는 마시지 않겠다는 의지의 사용에도 익숙해지지 않겠느냐고.

그러면서 마음에는 의문이 하나 생겼다. 저 사람은 소

탈한 감수성으로 본능의 솔직함을 가식 없이 써보려고 한다. 일주일에 한 번씩 출연하는 라디오 방송에서도 그 말하는 태도에 덧칠은 하지 않는다. 하지만 이 세상의 규격은, 허위일지언정 자신의 반듯함을 누누이 강조해야 하는 뭇 현상들은, 이 시인에게 술 마시게 할 수밖에 없는 것일까? 정말 그런 것일까?

분명한 것은 나 또한 이해의 폭을 넓혀 보려 해도 낯선 부분이 있다는 것이다. 고개 끄덕여줘야 할 부분이 있음을 인정하면서도 그렇다. 그러니까 여기에는 누구도 어쭙잖은 잣대를 들이대면 안 된다. 지금의 이야기는 그런 사실의 확인을 위해서 썼다. 이런 마음이 아주 단순하지만, 풍자를 담은 위의 표의문자를 조립하게 했다.

그리움의 정체

慕心(모심)

情意無盡終(정의무진종)
慕心萬里行(모심만리행)
何哉吾想念(하재오상념)

품은 정 지워지지 않고
그리운 마음 한없이 일어나니
이를 어찌해야 할까?

아내여, 이제는 잠든 기억으로 남겨져도 어쩔 수 없다
는 생각을 해보네. 하지만 이 집착 끊어낼 수 있으려는
지. 라헬을 향한 야곱의 심정이 이랬던 것일까?

아침에 일어날 때도, 길을 걸으면서도, 다시 자리에 누
울 때도 가만가만 들리는 소곤거림. 잠들었다가도 불현듯

몸을 일으키게 만드는 그 깔깔거리던 웃음소리.

　나 이제는 내 그리움의 정체가 어떠한 것인지 더 잘 알게 되었네. 이것은 몸에 마음에 가만히 들러붙어 지워지지 않는다는 것까지도.

네가 그리우면 나는 울었다

詩/ 고정희

길을 가다가 불현듯
가슴에 잉잉하게 차오르는 사람
네가 그리우면 나는 울었다

너를 향한 그리움이 불이 되는 날
나는 다시 바람으로 떠올라
그 불 다 사그라질 때까지
스스로 잠드는 법을 배우고
스스로 일어서는 법을 배우고
스스로 떠오르는 법을 배웠다

네가 태양으로 떠오르는 아침이면
나는 원목으로 언덕 위에 쓰러져
따스한 햇볕을 덮고 누웠고
누군가 내 이름을 호명하는 밤이면

나는 너에게로 가까이 가기 위하여
빗장 밖으로 사다리를 내렸다

달빛 아래서나 가로수 밑에서
불쑥불쑥, 다가왔다가
이내 허공중에 흩어지는 너
네가 그리우면 나는 또 울 것이다

제 3 부

편지의 형식을 빌린 집착에 관한
보고서

비 내리고 난 다음의 거리

— 편지 1.

그대가 훨훨 날아가고 여러 번 계절이 바뀌었어. 그 명랑했던 소프라노의 공명 어디에나 늘 있을 것이라고 생각했는데, 그런데 없네. 귀를 열어봐도 그래. 어쩌겠어. 남겨진 것들을 혼자 마음에서만 쓰다듬어 볼 수밖에. 허전해서 못살겠다는 뜻은 아니야. 이렇게나마 편지로 써서 쌓아두면 되잖아. 그러다 보면 지난 세월의 흔적들은 잠든 기억으로 남게 되겠지. 가만히, 잘 견뎌내야겠다고 각오하고 있어. 다른 방법은 염두에 두고 있지 않아. 그 온유하고 명랑했던 기질 찾아보기 어려워서. 억지로 이 안목을 바꾸기도 싫고. 응? 만약 자연스럽게 발견되면 어찌하겠느냐고? 이 사나운 눈초리를 바꿔서 정겨운 눈빛을 보내보려는데? 어? 왜 웃어? 그대를 향한 수신기 안테나를 접어야 가능하다고? 하긴, 그게 문제네. 나는 생겨먹기가 구형이라고 그랬었지? 고장 나면 고치기 힘들잖아? 그래서 아예 묶어서 고정시켜 버렸더니 잘 접혀지지가 않네.

배려하는 마음 없이 누구에게 다가서는 것은 무책임이야. 대상을 소중히 여기지 않는 관계성도 무의미한 것이지. 나중에는 엉뚱한 집착만 남겨질 테고.

내가 집중하는 시 쓰는 일에서도 마찬가지였어. 시적 대상을 대하던 내 태도가 어떠했는지 뒤늦게 깨닫고 있지.

그대는 이제 이 세상의 세계에는 살고 있지 않아. 여기에서는 만져볼 수 없는 대상이 됐어. 순하고 온유하면서도 명랑함을 잃지 않던 사람이었는데……. 옆에 있을 때 그 마음을 나는 잘 헤아려주지 못했네. 자주 떠올리는 일이야. 많이 소홀했다고. 마음에 남겨진 자책감도 잘 스러지지 않아. 그런 생각을 하다 보면 떠오른 것이 있어. 그대는 늘 내게 몰두해 있던 사람이었다는 사실. 조바심은 아니었지. 부부의 끈이 제대로 묶여져 있는지 항상 확인하고 싶어 하던 일이 기억나. 나는 거기 제대로 반응하지도 못하면서 어쩜 그렇게 태연할 수 있던 것인지. 태생이었는지 아니면 그렇게 키워졌던 것인지. 이제는 그런 것들까지 헤아려보는 심정이 됐어. 이런 마음을 갖게 됐다는 것이 전에 내가 보이던 태도와는 어울리지 않지? 각박함은 아니었더라도 생겨먹기가 그랬네. 그래서 무심한 걸 당연히 여겼다는 변명도 궁색하고.

그나마 다행인 것이 있어. 나는 지금도 다른 일에 별 잡념을 갖고 있지 않아. 우리가 낳고 양육하도록 허락받은 하나님의 선물, 아이들에게만 집중해 있지. 참 감사한 일이야. 녀석들에게 큰 소망을 가질 수 있으니까. 기꺼워. 이 아이들을 놓고 늘 기도하는 것이 있지. 하나님께서 인정해주시는 은혜가 있기를, 또 사람들에게 신뢰와 존중을 받는 인격과 성품으로 성장해주기를, 그렇게 될 것을, 나는 믿어. 그런 기대를 갖게 하는 녀석들이기도 하고. 어쩌면 이것은 내 보상심리일지도 몰라. 그러나 나는 이런 소망들이 반드시 실현될 것을 의심치 않아. 내 믿음이야.

이 외에 관심을 갖고 있는 것은 글 쓰는 일과 사물의 모습을 사진에 담아두는 일 뿐이야. 그중에서도 쓰는 일에 대해서 내 글에 잣대를 들이대는 사람은 아직 없더군. 어쩌면 활짝 노출돼 있는 입장이 아니기 때문인지도 몰라. 그런데 말이야. 내가 만들어낸 사진은 너무 서툰 솜씨라는 핀잔을 듣기도 해. 아직 누구에게 내보이기 민망한 초보솜씨이거든. 그걸 핀잔한다는 건 관심의 표시잖아. 솜씨를 더 키우도록 가르쳐주겠다는 뜻도 있을 테고. 선배시인이며 야생화 사진 전문가인 김종태 형이 그러더군. 감각은 돋보인데. 그러나 세심히 살펴보는 일에는 너무 대범한 척한대. 그래서 작품을 건지지 못한다고 말한 적이 있어. 카메라에 담아놓은 꽃 사진들을 다시 살펴봤지. 맞는 말이었어. 이것들은 오히려 대부분 키가 작더라고. 그런데도 늘 위에서 내려다보고만 있었거든. 얼굴, 목덜미 정도의 부분만. 그러다가 문득, 더 깊은 곳을 보려면 지금보다 훨씬 더 몸이 숙여져야 한다는 것을 알게 됐지.

그대는 마치 그 작은 꽃들과 같았어. 옆에 있다면 말해 줄 수 있을 것 같아. 이제야 겨우 그 속내를 헤아릴 수 있게 됐다고. 그 가슴에 더 가까이 들어가 볼 수만 있으면 좋겠다고. 말없이 피고 지게 된 까닭을 되새겨보고도 싶다고. 곁에 있을 때는 감각하지 못하던 이 마음가짐조차 새롭다는 생각이 들 때가 있어. 이런 자신이 낯설기도 해.

어떤 날, 누가 만나자고 했어. 비 쏟아지는 도로가 막히더라. 다른 차들의 무례한 끼어들기는 그러려니 해버렸지. 운전석에 앉으면 고개조차 돌리지 않는 버릇은 그대도 알고 있는 것이잖아. 그러다가 솟구치는 상념이 있었어.

'이렇게 또 하루가 가는구나. 무슨 의미로 살고 있는지. 죽어도 나무이기를 포기하지 않는 갈대는 언제쯤 신호등 앞에서도 멍청해지지 않을 수 있는지. 꺾이지도 않고 숨지도 않지만, 바람만 불면 늘 흔들려야 하다니.'

이런 생각이 떠올랐다는 것은 이때껏 품었던 내 긍지의 헛됨에 대한 자각이었을까?

생각해보니 K와 알고 지낸 지 아주 오랜 시간이 흘렀네. 그대도 몇 번 대면한 사람. 활달한 태도가 여전했어. 나를 안타까워하는 이야기를 많이 하더군. 썩 달갑지 않았어. 언제까지나 그대를 마음속에 담아 놓더라도 이제 그 문을 잠가야 한다는 말.

사람을 떠나보낼 때, 훌훌 날려 보낸 이와 돌아서며 손 흔든 사람과는 차이가 있다더군. 즉 사별과 그것이 아닌 결별에 관한 이야기였어. 이혼이나, 또 다른 결별의 시간까지는 훨씬 마음의 준비가 된대. 그러나 삶과 죽음으로 가름하는 이별은 그럴 수 없다는 것이야. 충분히 예감하고 있는 시간이 있었을지언정 그 감정의 정리가 쉽지 않다는 것이지. 알고 있던 사실이지만 대답하지는 않았어. 웃어 보이기만 했을 뿐. 쓸쓸했지. 함께 토할 때까지 마셨어. 다른 이가 운전해주는 차로 집에 돌아왔고.

취중에 무슨 이유였는지, 먹을 갈다가 잠이 들고 말았어. 내 시달리던 시간 속에서도 어느 날 먹을 갈고 앉아 있으면 그대가 신기해하면서 또 좋아하던 일. 붓을 쥔 내 손등과 팔뚝을 쓰다듬으며 생글거렸던가?

아무리 비 오는 날이라도, 또 그런 일들이 떠올랐더라

도 이건 너무했다 싶었어. 하, 밀쳐져 있는 벼루 속에서
도 먹은 섞이지 않고 가라앉아 있었지. 이제는 그럴 수밖
에 없는 것이야. 섞이지 않은 먹물들처럼 내가 무슨 집착
을 붙들고 있겠어. 마음이 들어가 번질 곳이 없는데. 마
음은 이렇게 허공을 다니고 있는데.

　이른 아침, 비는 여전히 내렸어. 이상하더군. 어떻게 내
색할 수는 없지만 목소리라도 다시 들을 수 있으면 좋겠
다는 그리움이 번져 나온 것. 또 마음이 시달리네. 오늘
도 눅눅한 하루가 될까? 어찌됐든 견뎌봐야겠지. 잡아둘
수도, 따라나설 수도 없었다면 다른 방법으로라도 바라볼
수 있는 길을 찾아내야 할 테고.

　앞으로 참 길고 긴 세월을 견뎌야 할 예감이야. 지우개
몇 번 기억 속을 스친다 해도 아주 지울 수는 없을 테니까.

다만, 하나의 jpg에 지나지 않았다
는 것에 대한 상념

— 편지 2.

　오늘도 편지를 써보네. 그대를 어쩔 줄 모르게 만들던 그 사랑의 대상, 우리 작은 아드님에 대한 이야기.

　예배를 마치고, 성가대 연습을 끝내고, 혼자 사무실에 나와서 오후 늦게까지 있던 날이었어. 컴퓨터 문서파일을 열었지. 그동안 썼던 글들을 들춰봤어. 몇 개를 추려내서 그대에게 보내는 편지 형식으로 다시 정리해 놓고 싶어서. 이것도 그중의 하나야.

　글을 정리하는 동안 내게 있어서 쓰는 일은 어떤 의미인가를 생각했어. 오래전에 이미 다 정돈된 줄 알았거든. 그런데 여전히 혼란스럽긴 마찬가지였어. 다만 한 가지는 분명해졌지. 쓰는 동안에는 거기 몰두할 수 있다고. 만족감도 느낄 수 있다고. 그러면 된 것이지 더 뭘 바라겠느냐는, 나름대로 단순한 마음 정리.

문득 떠오르는 것이 있었어. 그대가 전에 아이들에게 했던 말은 무의식적으로 예감하게 된 어떤 선견先見이었을지 모른다는 생각. 혼자 남겨진 내가 할 수 있는 일에 대한 감지感知였을지도 모르겠고. 책상 앞에 우두커니 앉아 있는 나를 신경 쓰는 녀석들에게 설명해주던 말.

"아빠가 무엇을 쓸 때는 몇 시간 혼자 계셔도 괜찮거든? 그러니까 너희들도 각자 공부하고 있으면 돼."

그렇더라도 예배에 부르심을 받지 못한 사람들은 대부분 밖으로 나가서 답답한 일상을 벗어나 있는 주일이었어. 밖은 포근하게 맑은 봄날이었고. 이렇게 혼자 앉아 있는 것이 무슨 청승이냐는 생각도 들긴 하더라.

지금 초·중·고등학교에서는 한 달에 두 번씩 토요일 수업을 하지 않아. 처음 시작할 때는 한 번씩이었고. 그런 토요일이었어.

당시 우리 큰아들은 고등학교 3학년. 휴일에도 여전히 학교에서 실시하는 자율학습에 매달려 있었지. 함께 시간을 보내자는 말을 차마 못하겠더라고. 대신 작은 녀석과 어울려보려고 했거든? 그런데 이 도련님께서는 아비가 안중에 없더라니까? 검도시합 대비해서 연습해야 한다며 혼자 휙, 나가려고 하지 않았겠어?

내가 물었지.

"너, 이번에는 입상할 자신 있어?"

"아마 그럴 걸?"

참내, 대답의 말 품새가 아주 거리낌 없지?

당시 중 1짜리인데 제법 한다고, 왜 우리 동네 가까운 곳에 검도명문이라고 알려진 고등학교 있잖아? 거기 검도부에서도 이놈을 알고 있다는, 뭐 그렇고 그런 소문이 있었어.

"오늘은 아빠랑 좀 놀아줘라."

"아빠, 엄살 좀 그만하세요. 저도 제 일이 있잖아요."

"공휴일에는 아빠도 심심해."

그런데 이놈이 투덜거리면서 하는 말.

"외로운 거겠지."

그 말을 듣고 좀 놀랐거든? 기가 막히더라고. 어떤 의미, 어떤 정서에서 그런 말을 했던 걸까? 우리 작은 아드님이 계속하는 말은 정말 거침이 없었어.

"외롭다고 아들한테 어리광부리면 되겠어?"

참내, 어이가 없어서! 아비가 혼자 있기 싫다는 말을 어리광이라 표현하다니. 그래도 화는 나지 않더라. 조금 토라진 척했지. 말버릇이 그게 뭐냐고 슬쩍 꾸중도 했고. 그랬더니 머뭇거리던 이 녀석이 상황을 설명했어.

다니는 검도관의 관장도 그 학교 출신이래. 동네방네 이 도련님을 자랑했대. 자기도장에 중 1짜리 수련생이 제법 한다고. 그랬더니 검도부 지도사범이 한 수 지도해주고 싶다고, 그놈 좀 한 번 데려와 보라고 그랬대. 평상시의 토요일에는 어느 도장이나 체육관도 휴관이잖아. 그날은 시합에 대비하는 연습이 있다는 것이었어. 끝나면 관장과 함께 그 학교에 가기로 했대. 전국체전을 몇 달 앞두고 벌써부터 연습하는 중이었대. 그런 고등학교 검도부 선배들과 한번 겨뤄보기도 하고 배우기도 할 기회가 생긴 것이란 말이야. 그러니까 요놈이 겁나기도 하고 한편으로는 또 설레기도 한 표정이었어.

그대도 한번 떠올려봐. 이럴 때 녀석의 표정이 얼마나 사람 두근거리게 만드는 것인지. 미지의 새로운 경험에 대한 호기심으로 반짝이는 눈빛. 그런 상황을 감당해내야 한다는 자기존재감으로서의 긍지.

그 모습을 바라보며 잠깐 엉뚱한 생각을 했지.

'하, 제까짓 게 지금 문무겸전의 선비 소양素養을 쌓는단 말이지?'

은근히 기특했어. 그대도 늘 말했지만 우리 작은아들 하는 짓은 얼마나 기발해? 어투는 또 얼마나 사랑스러워? 그날은 더 대견스럽더라니까? 그러니 뭐, 내가 어쩌겠어?

든든하게 간식 챙겨먹으라며 별도의 용돈까지 건넸지.

사실은 그날 나도 오후에 약속이 있었거든. 오전에 잠깐 오목 몇 판 두려고 했지. 아니면 그때 써놓은 시라도 한 편 읽어주려고 했어. 그랬는데 도장에 가겠다고 하더라고. 아쉬움을 참을 수밖에. 할 수 없이 입상할 자신 있냐고 물어봤단 말이야. 그런데 뭐, 아마 그럴 걸이라고?

단체전에서 자기가 선봉으로 정해졌대. 도장에서 중 1짜리가 선봉으로 나선 일이 없었대. 무척 자부심을 갖는 눈치였어. 말하자면 관장이 자기실력을 인정해줬다는 것이지. 검도시합 단체전에서의 선봉은 중등부에서는 중 3이 나선대. 전체 대항전에서는 고 2나, 고 3 정도의 선배들이고. 그런데 이번에는 자기가 선봉이래. 자기는 3장이나 4장으로 출전해도 되는데 말이지. 그러면서 책임감도 느끼는 듯했어. 누가 인정해주는 부분에 대해서 올바르게 반응하려는 그 마음가짐이 제법이지? 하여튼 그랬거나 말거나! 아비는 혼자 남겨져버렸으니.

며칠 전에는 어지럽혀진 녀석의 책상 정리를 해줬어. 문득, 그때 읽다가 서랍에 넣어둔 신문이 눈에 띄더라고. 꺼내서 그것도 치웠지. 신문에는 프린터 광고의 페이지가 있었어. 이 편지의 제목으로 달아놓은 것이 그 내용의 일

부야. 김춘수 선생님의 시, 꽃을 차용했더군.

아, 참. 김춘수 선생님께서도 이제는 고인이 되셨어. 나는 류기봉 집사 포도밭 행사 때 한두 번의 대면뿐이네. 그런데 류 시인은 그분의 애제자이잖아? 출상 때, 그분의 마지막 제자라는 여성시인이 조시弔詩를 읊었대. 사실은 그도 조시를 썼는데.

그 신문의 페이지를 다시 들춰보며 생각했지. 나는 관계성을 맺고 있는 사람들, 특히 내 아이들에게 어떤 의미, 어떤 존재로 형상화되어 가고 있는 걸까, 그런 상념에 빠져들면서.

그대가 차마 손 놓을 수 없어서 마음을 바동거리던 우리 작은아들은 그 사이에 키가 19cm나 자랐어. 놀랍지? 통통하던 녀석의 체중이 다 키로 갔나봐. 지금 현재 178cm야. 제 형보다 3cm 작을 뿐이지. 그러니까 중 3이 된 도련님이 아비보다 8cm가 더 큰 신장이 됐다는 이야기야. 앞으로 더 크겠지. 덩치는 오히려 제 형을 능가해. 여섯 살이나 차이 나는데도 말이야. 함께 목욕이라도 가는 날이면 그 뿌듯함은 말할 수 없지. 벗겨놓고 보면 한 놈은 늘씬하게 후리후리해. 한 놈은 탄탄하면서도 늠름하고. 둘 다 참 괜찮은 스타일이야. 멋있어. 이목구비까지 반듯하잖아. 사람들은 그런 우리 3부자를 흘끔흘끔 쳐다보지.

아비는 왜소한 사내란 말이야. 그런데 이렇게 준수한 놈들이 곁에 있으니 가당찮다는 눈치더라고. 샘내는 표정.

그러니까 이제는 이렇게 말하고 싶어. 그대는 안심하고 있어도 괜찮겠다고. 아이들은 그 몸과 마음이 튼튼하고 아름답게 성장하고 있다고. 나 또한 그런 보람에 공허하지만은 않다고. 꽤 익숙해져 있다고. 그러니까 하늘나라에서 별처럼 반짝이고 있으면 된다고. 어떤 써늘한 바람 불어 오한이라도 들 때면, 그 반짝임이 우리에게 아스피린이 될 것이라고.

얼마 전에 내 시집이 다시 한 권 나왔어. 그대 생각을 넋두리로 써내려간 시들이 섞여서인지 좀 감상적인 부분이 많더라. 전 같으면 별로 맘에 들어 하지 않았겠지만 뭐, 괜찮아. 내 마음의 정서가 나타난 흔적의 기록이려니 해. 제목은 『소프라노의 뜰』로 했어. 그대 명랑한 소프라노였던 사람의 기억을 남긴 것이니까. 틈날 때마다 적어 보던 시 창작에 관한 이야기들도 『박정규의 시 쓰는 이야기』라는 제목으로 같이 출간하자는 제의를 받았어. 그 원고들도 출판사에서 가져갔지. 덕분에, 마치 동면처럼 이어지던 불면의 시간이 좀 수월하게 넘어갔네.

이곳은 벌써 여름이 시작됐어. 햇살 따가워졌네. 침잠

의 시간은 벗어던져야겠다는 생각이 들만큼. 저 햇살 아래서 목마름 견뎌내다 보면 가을이 올 테고, 나는 다시 씨앗을 맺어야 한다는 생각을 하겠지. 그대 역시 그곳에서 마음껏 명랑하게 지냈으면 좋겠어. 늘 반짝거리면서 말이야.

소프라노의 뜰

詩/ 박정규

그대 소리 있던 뜰은 명랑했다

'리릭' 음색 둥글었고 어쩌다 뾰족한 소리가 난다 한들 하하하, 우리는 이미 익숙했으므로 태연했던 것이다 그런데 휴지부休止符라고?

가을의 저녁이다 뜰 모서리를 적시는 그늘 있어도 공명共鳴 남았으니 사람아, 그대 소리 있던 이 뜰은 여전히 명랑하다

아주 많은 시간이 흘렀을지언정

— 편지 3.

얼마 전에 어떤 여자 분이 보자고 하더군. 무슨 연결 끈이 있는 것은 아니야. 굳이 따지자면 시 쓰는 일을 내게 잠깐 배우던 사람이라고 할까? 쓰다가 막혀서 질문해오면 몇 번 가르쳐줬을 뿐이니까. 꼭 나와야 한다는 전화가 여러 번이었어. 그대가 하늘나라로 떠나고 여름이 지나 가을에 들어설 무렵의 어떤 토요일, 한강 둔치에 자리한 구리 코스모스 밭에서 모처럼 사람들과 만났던 적이 있지. 그때 함께 했던 이들 중 한 사람이기도 해. 꽤 시간이 흘렀는데도 그 일을 잊지 않고 있더군. 새삼스러웠어. 어색하기도 했고. 그렇게 가게 된 인사동의 허름한 탁주 집. 생각해보니 전봇대집이라고 일컫는 곳이었어. 다른 이들과 전에도 몇 번 와본 기억이 있는 곳. 거기 함께 모여서 조금 취했어. 문득 이런 생각이 들더라. '내 마음에서는 이 일이 즐겁지 않구나.' 말하자면 대단한 의미를 부여하지 않게 되더라는 이야기야.

그러나 그 가을의 코스모스 밭에서는 즐거웠어. 사진 전문가이기도 한 김종태 시인이 사진을 찍어줬지. 이런 일도 있었어. 해바라기와 입맞춤하는 내 모습이 조금 불만족스러웠거든. 오히려 선배시인 김재천 선생님과 이인수 형을 찍어준 사진이 더 돋보인다고 장난스럽게 투덜댔지. 내 준수한 용모가 그렇게 샘나느냐는 쓸데없는 말도 했고. 치기어린 말이지? 친밀한 사이에, 마음이 풀어져 있을 때 쓸 수 있는 말이잖아. 기분 좋았던 날이 분명해. 농수산물 시장 회 센터라는 곳에서 먹어본 가을전어 맛도 괜찮았던 것 같고. 이렇게 모여서 몇 가지 이야기로 편해지기도 했어.

그런 다음 갔던 노래방에서도 또 어떤 일이 있었어. 들어봐. 자리에 앉기도 전에 김종태 형이 우리를 나란히 세웠어. 그러더니 대뜸, 발을 들어보라고 하는 거야. 나는 멋도 모르고 팔을 들었지. 그랬더니 '어휴, 답답이!' 하면서 양말을 쑥 벗기더군. 의외였어. 다들 웃었지. 나이 들어가는 이들이야. 자기의 시에, 자신의 삶의 태도가 투영된 시를 써보려고 고민하고 있어. 이렇게 마음 여린 사내들이 양말을 다 벗었지. 그 다음 음정 틀리고 박자 엇갈린 노래를 부르며 손뼉치고 몸 흔드는 모습을 상상해봐.

그렇게 끝나고 나와서도 아쉬워서였을까? 아직 이른 시간이라는 핑계로 우리를 인근의 포장마차로 끌고 들어갔어. 우선 몇 가지 안주를 시키고 소주를 한 잔씩 마셨지. 그 다음 내 옆으로 옮겨 앉았어. 재주도 많은 이 사람은 여전히 짓궂었고. 내게 "바보 같은 답답이"라고 하더라. 아마 처음 보게 된 이성들을 대하는 태도가 무덤덤하다는 것이었겠지. 그런 부분에서의 결핍을 헤아린다는 뜻도 알듯 했고. 그렇다고 별 반응을 보일 필요는 느끼지 않았어. 내 의지하고는 상관없는 일이었으니까. 우리 집에도 왔었고, 또 내게 듣고 알게 된 이 형에게 이런 돌출하는 모습도 있느냐고? 잘 상상이 안 되지? 마음의 끈이 풀리면 평상시의 태도와는 달리 거리낌이 없어져. 의외의 쾌활함도 보여. 예측불허의 사람이야. 그래서 내보이는 시에도 의외성을 담을 때가 있는 것인지. 하여튼 그런 말을 들어도 대수롭지 않았어. 그런데 주머니에서 하모니카를 꺼내들더군. 함께 있던 이들 중에는 수필 쓰는 사람과 얼마 전 인사동으로 나를 불러낸 이를 포함한 여성 몇 명이 있었어. 이 수다쟁이들까지 조용해지대? 말하자면 김종태 형은 대수로울 것 없어 보이는 이 악기의 대단한 연주가야. 그 음률로 사람의 심금을 사로잡을 만한 솜씨

를 지녔다는 뜻이지. 그러고 보니 참 재주도 많은 사람이
네. 나는 가끔 들었기에 그러려니 했어. 그런데 이런, 그
날은 음색에 차이가 있는 하모니카 두 개를 겹쳐서 불더
라니까? 아주 이상한 노래를, 아주 이상한 음색과 주법으
로 연주하지 않겠어? 듣다가 그만, 조금 눈물이 나올 듯
했어. 다른 이들도 그랬을지 몰라. 약간씩의 취기, 그리고
글을 쓰고 있는 감수성의 까닭에. 나는 내 곁에 없는 사
람에게 여전히 온 마음을 다해서 몰두하고 있다는 생각
을 또 떠올리고 말았지. 이 모습을 본 종태 형은 갑자기
연주를 멈추고 말했어.

"야, 다음에는 박 시인도 기타 쳐. 내가 하모니카 불고
노연화가 노래하라고 해. 걔는 이 노래가 18번이야. 얼굴
은 못생겼지만."

알지 못하는 사람일지라도, 얼굴도 못생겼다는 말을 들
으면 그렇게 웃을 수 있는 것이더군. 정말 사람들은 까르
르, 웃었어. 까닭도 모르면서.

사실 내가 기타 퉁퉁거려본 지는 한참도 더 됐잖아. 또
뜬금없이 이름이 일컬어진 노연화 시인은 그 또래에서 버
금갈 사람을 찾기 힘들 정도의 미모거든. 그걸 알고 있으
면서도 그런 거침없는 언어를 쓸 수 있다니! 이 형은 정
말 쓸쓸한 분위기를 순식간에 바꿔놓기도 하는 사람이야.

분위기가 반전된 다음 우리는 시에 대한 이야기를 했어.

언어가 항상 조심스러운 김재천 선생님도 '움베르토 에코'에 대해서 말하더군. "기가 막혀서 빌어먹을 기호학의 천재"라는 표현을 끌어올릴 만큼 좋은 시간이었지. 이인수 형은 여전히 사람을 감싸 안고 어우르는 태도를 보여줬어.

그때도 나는 어떤 상념에 빠져 있었지. 별 대꾸도 반응도 보이지 않았어. 그랬더니 김재천 선생님은 그 화살을 엉뚱한 곳에 돌리던 것이 떠올라 웃음이 나오네.

"남자들은 뇌구조가 조금 단순하대요. 남녀가 모인 자리에서 남자 목소리가 왁자지껄하다면 분위기가 유쾌한 것이라더군. 그럴 때 오히려 남자가 더 수다스러운 것은 앞에 있는 여자들이 맘에 들어서 그렇다는데."

그러면서 덧붙이기를 오늘, 박 시인만 조용한 걸 보니 앞에 있는 여성분들이 영 맘에 안 드는 것 같다, 어떻게 책임질 것이냐고 해서 모두들 웃었어. 나도 웃었지. 우리가 함께 있던 때를 생각하는 것은 여전했지만.

그 일을 떠올려 보며 덧붙여 묻고 싶어. 나는 그대 앞에서 왜 그렇게 수다스러웠을까? 정말 왜 늘 그랬을까?

의지로 어쩔 수 없는 정서의
움직임에 대해서

1

묶여 있던 그 헌신의 끈을 내려놓고 싶을 때 있었는지. 스스로를 못 견뎌 한 적 있었는지. 그 끈 끊어보려 애써 봤을지언정 늘 그 자리일 수밖에 없었다면 그대는 정말 맹꽁이 같았던 사람이야. 사실은 나도 마찬가지였지만. 내색할 수 없었지만. 어쩌면 마음에 파고들던 것이 더 많 았을지 모르지만.

지금은 다만 이렇게 말할 수밖에 없어. 내 비록 혼자 남겨졌지만 우리가 살아온 날 동안 함께 붙들고 있던 두 가지 가치에 혼란은 생기지 않으리라고. 신앙적인 부분에 서 일치했던 것과 그대가 내게 다시 시를 쓰게 하려던 마음을 기억하는 일. 내가 거기 반응하고 결심했던 것들은 앞으로도 흔들림이 없을 테니까.

　여기에 대해서 들려줄 이야기가 또 하나 있네. 내 쓰는 일을 바라보는 아이들 태도까지 그대 닮아 있으니 이건 또 무슨 일인지.

　다른 일에는 오히려 아비 부려먹기를 좋아해. 그러면서도 모니터 앞에 앉아서 커피라도 요구하면 선뜻 끓여다 주기를 잘해. 예로 들었지만 내가 쓰려고 앉아 있으면 이것저것 귀찮은 일을 마다하지 않는다는 이야기야. 이런 부분에서도 그대와 꼭 같아. 그래서 이놈들과 편해질 수 있는 것인지. 비교적 아이들의 입장을 인정해주는 편이기는 해. 아이들 역시 아빠의 부분을 존중해주지. 때로는 가차 없이 엄격하고, 때로는 턱없이 헐렁한 아비의 일방적 태도가 나타나는데도 말이야.

　이 말 들으니 안심이 돼? 아, 참. 나는 여전히 아이들 대하는 태도를 못 고쳤다. 또 핀잔하고 싶어? 사소한 것에 지나칠 정도로 예민하다고?

　큰놈은 이미 어른이 돼버렸어. 하지만 작은놈도 이제 어른이 돼가는 건지 가끔 엉뚱한 일을 저지르거든? 그럼 어떻게 하게? 그럴 땐 그냥 궁둥이 한 번 툭, 치고 말아. 무슨 뜻인지 알지? 사소한 일은 사소하다고 봐주거나 방치하면 그건 습관이 돼. 당사자는 의식하지도 못하게 되

지. 나중에는 고쳐지기도 힘들어. 비록 사소한 일일지언
정 그것이 잘못이라는 자각은 둔감해질 거야. 감수성에서
도 그저 그런 인간이 되고 말겠지. 그렇게 성장한 사람은
관계성의 감수성에서도 별 매력이 없는, 있으나마나한 인
간이 될지 모른다는 뜻이야. 아이들을 키우는 방법에서
의식이 깨어 있다는 사람들의 착각이 여기에 있는 것 같
아. 그들은 오히려 방임과 관리를 혼동하고 있지. 사소한
잘못 지적하는 것을 아이들 주눅 들게 하는 잔소리라고
여겨. 이런 인본주의적 생각을 진리라고 여기는 것은 아
닌지. 사람은, 본질에서 그렇게 순순하게 반응하는 것들
이 아니거든. 그러나 큰 실수를 저지르면 거기에 대한 반
성 혹은 반복하지 않겠다는 결심을 하지 않겠어? 이는 자
타에 있어서 충격이란 말이야. 아무리 둔감한 성품이라도
압박감을 느끼겠지. 우리 아이들은 이런 부분에서 틀려.
세심한 감수성을 지녔지. 내면은 의외로 강해. 그리스도
예수 안에서 자기존재성에 대한 분명한 긍지를 갖고 있
지. 그러니 아비가 이것저것 왈가왈부할 필요가 있을까?
응? 방치일 수 있다고? 아닌데? 나를 몰라서 하는 소리
야? 늘 아이들에게 세심한 감수성을 갖고 있어. 밖으로
표시하지는 않아. 어떤 경우에도 난, 네 편이다, 하는 것
만 알게 해주지. 우리 아들들 정도의 녀석들을 대하는 태

도에는 조심할 것이 있어. 사소한 일에는 어쩌다 한 번씩 잔소리를 할지언정, 제법 큰일을 저질렀을 때는 오히려 관용해야 돼. 그것을 자꾸 문제 삼으면 아이는 스스로의 자기존중감에 상처를 입거든? 사실 아이를 믿고 간섭 없이 맡겨버리는 것은 내게도 대단한 인내심을 요구하는 일이야. 대신 아이들과 내가 장착한 수신 안테나 감도는 최상품이지. 전달되는 메시지를 재빨리 포착해내기도 해. 우리의 커뮤니케이션은 그렇게 이뤄지고 있어. 특히, 나는 발신 주파수에서 소음제거의 부분을 늘 잊지 않고 있지. 자기 존재성을 확인하는 데 있어서 방자하거나 분별 없는 어리석음을 바탕으로 하지 않는다는 것. 그러면서 자기들은 무엇보다도 소중한 존재라는 인식을 지니고 있는 것. 우리 아이들과 다른 많은 아이들의 차이점이 이 부분에 있는 듯싶어. 이런 자기인식을 갖게 된 것이 너무 감사해.

한 가지 잊히지 않는 것이 있어. 까닭이 궁금하기도 하고. 저 큰놈의 초등학교 때 짝이었던 어느 여학생의 그 비뚤어진 태도 말이야. 저 녀석은 왜 그것을 감수했는지 지금도 생각해보게 돼. 그 1년의 기억이 중학교에 들어갈 때까지도 잘 씻기지 않는 것 같았어. 우리는 그것을 잘 알지도 못하고 있었잖아. 그런데 말이야. 그(천박한 태도,

나는 이렇게 말하고 싶지만, 큰놈은 동의하지 않겠지?)
기막힌 태도나 가치관을 보인 아이는 그런 영향력 아래
서 자랐기 때문에 어쩔 수 없다는, 누구도 상대해주지 않
았는데 자기처럼 순한 아이를 짝으로 만나는 순간 거리
낌 없이 튀어나왔다는, 아무리 자기들이 어렸을지라도 그
것을 헤아려볼 안목이 없었던 그 아이가 불쌍하다는, 그
러나 자기가 입은 그 상처를 그 아이는 인식조차 못하리
라는, 다만 지금은 그런 태도를 개선해서 어디에서도 소
외나 배척되는 일이 없기를 바란다는 표시를 하거든? 놀
랍지? 자기감정표출에도 정직한 녀석이잖아. 온유하면서
도 자기 확신에 흔들림이 없는.

　이런 마음가짐을 누구나 다 신뢰해. 이제 대학생이야.
용모는 물론 늘씬하게 후리후리한 키의 몸매와 그 반듯
한 마음가짐이 모두 멋져. 그런 사내가 됐네. 앞으로 그
삶의 태도에 흔들림이 없다면 어디에서도 존중받는 인물
이 되겠지. 식견識見을 지닌 사람들은 우리 아이들의 이
런 반듯함을 알아주는 것 같아. 이런 일이 있었어. 큰아
이가 대학생이 되던 겨울이 지날 때, 교우들 중에서 큰
아이에게 과외수업의뢰가 있었거든. 그런데 썩 좋아하지
않더라고. 왜 그러느냐고 물었지. 대답이 뭐였는지 알아?
고등학생이 되는 여학생들 엄마아빠의 마음이 꼭 공부보

다는, 자기와 같이 있는 시간을 주기 위한 낌새가 보이더 래나, 어쨌다나. 그 생각이 어처구니없어서 웃었지. "얌마, 그렇다고 이 중요한 시기에 걔들 부모님들께서 그럴 리 가 있냐? 너한테 뭔가 배울게 있다는 생각에서 그렇겠 지." 그랬는데도 썩 달가워하지 않는 눈치더라고. 그래서 더 짓궂게 물었지. "너, 걔들이 안 예뻐서 그렇지?" 녀석 이 반격하더라. "아빠가 전에 그랬잖아, 예쁘지 않은 여학 생하고 같이 다니면 용서가 안 된다고요." 참내, 제 딴에 는 은유적 표현법이라고 썼겠지만 하여튼, 이 녀석도 어 지간한 아들이야. 응? 뭐라고? 잘났다고? 부자지간에 아 주 잘 놀고 있다고? 하하하, 이런 말끝이면 그대가 꼭 붙 이던 말이잖아?

2

이 세상에는 재능이 있으면서도, 훌륭한 교육과 후원을 받으면서도, 성공하지 못하는 사람들이 참 많더군. 나도 그중의 하나라고? 내가? 잘 교육받지 못했는데? 그건 스 스로 잘 학습하지 않았기 때문이라고? 그게 같은 뜻이지, 뭐. 내게 주어졌던 여건을 살펴봐도 그래. 무슨 대단한 지원이나 후원은 없었던 것 같아. 응? 이 말은 정말 믿음 과 감사가 없는 소리로 들린다고? 내게는 많은 기회가 겸

해져서 제공됐었다고? 생각해보니 수긍해야 할 부분도 있
네. 어렸을 때부터 지금까지 여러 부문에 재능이 있다는
말은 들었으니까. 계산하지 않고 내주는 아버지가 계셨으
니까. 그러나 치명적 결격사유를 지녔지. 참을 줄 몰랐다
는 것. 지금도 그렇다는 것. 말하자면 재승박덕의 태도가
나타났다는 것이야.

아무리 우수한 재능, 제대로 된 교육, 적절한 지원, 말
하자면 좋은 환경적 배경을 힘입더라도 인내할 줄 모르
면 제대로 된 형상은 될 수 없는 것이지. 만들어졌더라도
그 모습은 아름답지 않아. 제멋대로의 돌출만 더 확연해
지겠지. 때로는 여기에 억지가 동반될 수도 있어. 피조물
로서의 자의식이 바벨탑의 꼭대기에 욕심의 시선을 두게
되면 말이야. 주님의 은혜를 힘입으면 이를 잊지 않을 수
있을까?

주님, 제대로 만들어서 쓰시고자 하시면, 우리 아들들
이 이런 경각심을 잃지 않게 해주소서. 아멘.

종교적 탐심도 탐욕의 한 형태임을 나는 알게 됐어. 그
러니 사람아, 그대는 하늘나라에서 안심하고 있으라는 말
을 하려다가 이렇게 장황한 이야기가 됐네. 그대가 이 부
분을 경계하던 것도 잊지 않고 있어. 앞으로도 잊지 않을
것이야. 사실 우리 아이들에게 심어주려는 것도 이 부분

임을 녀석들이 알고 있으려나?

우리 아들들이 많이 묵상하고 기도하는 습관을 키우는 것이 참 고마워. 이렇게 하다 보면 자기 정체성은 더욱 분명해질 테지. 하나님께 대한 헌신의 자세도 더 확실해질 것이고. 또 그렇게 하기 위해서는 더 많이 들을 줄 알고, 가만히 들여다보는 것도 배웠으면 좋겠어. 그렇게 참 아름다운 사람들로 성장해주기를 바라는 것이 내 소망이야.

3

시인은 집이 없다며? 박남철(1953~) 시인이 자기 글에서 이렇게 말했대. 그 부분을 언급한 기사가 어느 월간지에 짧게 한 페이지 실렸더군. 이를테면 화가, 음악가, 소설가는 그 호칭에 무슨 가家라는 집을 끌어안고 있지만 시인은 그냥 사람人일 뿐이라는, 그런 내용이었어.

읽다가, 그렇다면 시인이라고만 하면 어중이떠중이 다 참사람이란 말인가, 하는 생각을 하면서 픽, 웃었지. 속에서는 자신을 핀잔하는 소리가 들리는 듯했어. '어휴, 이 인간아, 언제쯤이나 돼야 그 사나운 감수성이 따뜻해지려는지.' 그래도 요즘은 나름대로 쓰는 일에 충실해진 느낌이 들기는 해. 마음을 좀 비워낸 덕분일까? 다 닦아내고 다 비워지지는 않았어. 그래도 꽤 가벼워진 것 같아. 쓰는 일에서의 본질 문제를 해결했다는 뜻이 아니야. 평생 속에 질질 끌고 다니던 것들 몇 개를 덜어냈거든. 그랬더니 헉헉, 거릴 일이 많이 감해졌다는 뜻이지.

4

전에 우연찮게 근처에 산다는 시인 한 사람이 찾아왔어. 대단한 필명을 지닌 사람은 아니야. 이름은 들어본 적이 있지. 대면하여 보게 된 것은 처음이었고. 어쩌다 보니 오랫동안 이야기를 나누게 됐어. 정말 제대로 시를 써보고자 하는 사람이구나, 정서에는 비슷한 것도 많구나, 하는 생각이 들더군. 결국은 저녁 술자리까지 이어졌어. 기독교인인데, 나처럼 주량도 모자라는 사람인데 기꺼이 대취해주더라고.

나눴던 이야기 중에서 잊히지 않는 이야기가 있네. 시인은 사상가와 마찬가지라고 하던 말. 나는 그 말에 동의해줄 수 없었어. 거기에서 벗어나지 못하면 계몽주의자에 불과할 뿐이니까. 참 시인의 가치는 그런 정도에 머물러 있는 것이 아니야. 언어를 통해서 새로운 세계를 창조해내는 사람이거든. 즉 피조물 중에서 가장 아름다운 존재성을 지녔다는 뜻. 그래서 물어봤어. 왜 그런 인식을 가지게 됐는지. 시인이 그런 인식에 사로잡혀 있으면 그 시는 아포리즘(Aphorism)의 범위를 벗어나기가 힘들다, 시에서의 서정성을 도외시하기도 쉽다, 그래서 시 쓰는 일에 진보가 어렵다는 일장연설이 곁들여졌고.

　연배가 나보다 좀 적은 사람이야. 약간 취기가 있었으니 어쩌면 가르치는 태도를 취했을지도 몰라. 그런데도 이 사람은 순순히 들어주더라고. 그러면서 자기 정신세계 형성에 누구의 영향력이 가장 컸는지에 대한 이야기를 시작했어. 듣다 보니 이런, 그 영향을 끼쳤다는 사람은 바로 내 친구, 어느 신학대학교에서 히브리語를 가르치고 있는 김 목사가 아니겠어? 젊을 때의 이야기를 들려주면 그대는 말했었지? 참 고지식한 사람인데도 묘한 매력을 지녔다고, 나보다는 한 수 위인 것 같다고 해서 "야, 나한테는 여전히 게임도 안 돼." 그러면서 투덜거리게도 만들었던 친구. 이 시인은 그 친구가 가르치는 학교에 다녔다더군. 말하자면 젊을 때 신학도神學徒였다는 것이었어. 어쩐지 사물을 보는 관점에서 비슷한 부분이 있더라니. 얼마 전에도 찾아가서 인사를 했대. 문득 내 시집에 그 친구의 이름을 부제로 달은 「그대」라는 시가 떠올랐어. 사람의 한계와 또 사람을 대하는 진정성이 어떠해야 한다는 것을 말하고 싶어서 썼던 것인데.

　세상은 참 좁지? 필연적 관계성은 이렇다는 생각이 들

어. 내가 이런 부분에서 너무 예민하게 구는 것일까?

이충재 시인이 말한 사람이 사실은 내 어렸을 때부터의 친구라는 것과, 나는 목수의 아들이었고 그는 목사님의 자제였다는 것과, 그 혼란스러운 젊은 시절에 아무도 우리 가야 할 길의 이정표는 쥐어주지 않았다는 것과, 같은 방향의 길을 걷는 것에 대해서 의논해야 했다는 것과, 그럴 때마다 부딪는 일이 생겼다는 것과, 그러다가 나는 세상에 적나라하게 속해 있는 길로 들어가 우여곡절을 겪고 살면서 시를 썼고, 그 친구는 세상의 위를 바라보며 가르치는 길을 걷게 됐다는 것. 그러나 본질적 가치관에서는 대부분 일치했으니 사는 날 동안에는 서로 기억하고 있을 수밖에 없으리라는 새삼스런 생각. 이것을 다른 사람을 통해 확인하면서 뭉클해지기도 했어.

이 사람은 올 때 자기 시집과 산문집을 한 권씩 들고 왔더라고. 몇 권 남지 않은 내 첫 번째 시집 중에서도 한 권 건넸지. 대뜸 『별은 아스피린이다』라는 제목이 참 다가오네요? 그렇게 말해주더군. 다른 이야기를 하느라고 아직 펼쳐 읽어보기 전이었어. 내 친구에 대한 이야기를 듣다가 건넸던 시집을 들춰서 「그대」라는 시를 펼쳐서 보여줬지. 이 시인이 그것을 읽는 순간 보이게 된 반응을 한 번 상상해봐. 함께 갔던 그 카페에는 꽤 여러 사람이 들어와 있었거든. 그런데 이 숫기 없어 보이는 사람이 약간 취기가 있어서 그랬을까? 일어서더니 상투적 언어와 직유적 표현법을 써서 별 여운도 없고 짧은 그 시를 두 번 소리 내어 읽었어. 그 다음의 일은 충분히 상상이 되지?

그 상황을 지켜보며 이런 상념이 생겼어. 서로에 대한 진정성에 납득이 간다면, 형식의 무게를 달아보고자 하는 일은 사실 의미가 없는 것이라고.

그대
—김은호에게

잊지는 않고 있지?

피어낸 꽃
향기롭지 않아도
매달린 열매
아주 작은 것일지라도
사람은,
언제나 귀한 것이라던 말

털면 다 먼지가 나서
사람은,
사랑스럽지?

이 시에 담고 싶었던 메시지가 지금도 떠올라. 또 그대가 곁에 있다면 이야기해주고 싶어. 힘들 때면 내려놓고 싶었을 그 마음을 알 것 같다고. 절대 노출하기 싫은 부분이 있었음도 헤아릴 수 있다고. 자기존재감을 지키며 확인하느라고 고달팠음도 알게 됐다고.

이렇게도 말해야겠어. 우리는 삶을 대하는 태도에서 같은 방향을 보고 있었다고. 그대는 시인의 아내라는 이름을 좋아했고, 나는 또 쓰는 일에 게을렀더라도, 그러나 시를 쓸 수밖에 없는 사람이었다고. 마음의 정서 또한 시를 내려놓아야 한다는 의지에 반응하지 않았다고. 그랬으니 그대가 곁에 없다고 한들 내 쓰는 일에 대한 태도는 그대로일 수밖에 없지 않겠느냐고.

나를 격려하는, 혹은 가로막는

— 편지 5.

1

따뜻한 겨울이 다 지나갔네. 계절의 실감이 나지 않았어. 이 자연현상은 사람의 의지로 움직일 수 없는 것이잖아. 그래도 조금 걱정되기는 했어. 낯설고, 예측하지 못한 이상 현상을 보게 되면 예사롭지 않게 여겨져. 제법 나이 들었다는 증거일까? 전에 가끔, 늦은 시간에 어떤 이와 통화를 할 때가 있었어. 그때마다 큰놈이 간섭했지. 녀석에게는 그게 심각한 일이었나 봐. 그런 것을 대수롭잖게 여길 수 있던 것을 보면 나는 어지간히 무심한 아비야. 그러면서도 직접적 관계가 없는 겨울날씨를 걱정하고 있다니. 사는 일이 지루해서인가봐. 응? 그것보다는 삶의 태도에 긴장감이 흐트러진 것이라고? 대상에 대한 감수성은 아예 잠들었고? 꼭 바가지 긁던 소리 같은데? 반박할 수도 없으니.

그때 큰놈은 이렇게 말했어.

"아빠, 우리한테 무슨 비밀 있어?"

"왜?"

"별 건 아니고, 왜 휴대폰이 울리면 꼭 밖에 들고 나가는지 이상해서요."

"그건 내 맘인데?"

"그러지 말고 우리 듣는 데서 하면 안 되나?"

"아빠의 프라이버시를 존중해주면 좋겠는데?"

이렇게 대꾸하면 어김없는 반격이 돌아오더라고.

"쳇! 나도 다 알고 있으니 속 끓지 말고 털어놓으세요. 그러면서 무슨 부자유친父子有親이람? 그 시인 아줌마 맞지?"

그래서 일러주었지.

"네 마음대로 상상하지 마라. 그리고 아빠가 아직은 남자라는 것도 알아둬라. 너는 지금 입시준비에 집중하고 있는데, 그런 네 옆에서 다른 여자와 통화하는 게 아빠는 조심스러워."

그래도 이놈은 아랑곳하지 않았어. 대상이 누군지 알고 싶다는 것이야. 나도 반격했지. 쓸데없는 생각의 비약은 하지 말고 공부에나 집중하라고.

우리 아들의 요구는 이랬어. 어떤 관계성이기에 가끔씩 생각에 잠겨 앉아 있는지 그것을 알게 해 달라는 것.

지금 생각해봐도 그 요구와 궁금증은 정당했다고 여겨져. 기특해. 자세히 알고 나면 어떤 박탈감을 느낄 수도 있을 텐데. 그러나 아빠가 편하고 의미 있고 행복한 관계성에 충실해 있기를 바라는 태도였어. 또 이것은 우리 큰 아드님의 오버 센스이기도 했고.

P와는 허심탄회한 이야기를 주고받을 수 있지. 그러나 더 이상의 비약은 수용할 수 없는 관계잖아. 서로의 가치관이 틀린 때문은 아니야. 문제는, 내가 그런 부분에서 여전히 냉정하고 자중하는 습관을 버릴 생각이 없다는 것이지. 물론 이런 감정은 의지에 지배받지 않는다는 것도 알아. 그렇더라도 나는 흔들림이 없어. P도 말했지. 내 태도는 삭막하면서도 차가운 인간의 표본이래. 안 그런 척할 뿐이래. 그대가 알다시피 오랜 세월 동안 이 사람을 대하는 내 표정은 늘 화사하게 웃어 보이는 것이었어. 그런데 상대는 또 그 이면이 감각되나봐. 그러니 어쩌지? 응? 왜 웃어? 뭐야? 내 활기찬 모습과 거침없는 태도에 사람들이 수군거린 적이 있다고? 말하자면, 아직은 매력이 남아 있는 것처럼 보였다고? 그렇게 신경 쓰이게 하는 남자와 사느라고 참 피곤하겠다는 말이었다고? 하하하,

박장대소라는 말의 한자어를 어떻게 쓰더라? 응? 또 뭐? 답변은 여전히 태연스럽다니. 참내, 내 태도와 생겨먹기의 태생이 그런 것을 어쩌누? 그나저나 거기서 내려다보니 알겠지? 나는 그런 부분에서 전혀 쏠림이 없는 사람인 것을? 그래서 스스로의 안목에 만족할 수 있지? 우리는 늘 서로에 대한 충실함을 만끽했었다고 느끼면서? 그렇지만 그대가 못마땅해 한 것이 있어. 나는 사람들에 대한 심정적 배려를 소홀히 하지 않았지. 또 사실은 성품도 따스한 사람이야. 그러다가도 같잖은 부분을 보면 매우 냉정하고 엄격해지기를 잘하잖아. 다시 말해서 적당히 넘어가지 못했네. 뾰족했고.

그대는 내가 더 온유해지기를 바랐어. 사람들이 상처받는다고. 더 겸손한 태도를 나타내라고.

변명해볼게. 그것도 어쩔 수 없었어. 막 쓰는 말로 하자면 그렇게 생겨먹은 종자였으니까. 다만 이제는 좀 여유를 가지려고 해. 자신에게까지 그렇게 대하는 각박함이 스스로도 지겹거든. 그러니 안심하고 있어. 알았지? 어쩌다가 아주 우연찮게 눈에 들어오는 사람이 생기면 한번 매달려보려고도 해. 따뜻한 마음으로. 응? 잘도 그러기도 하겠다고? 정말 그대는 여전히 수신기 작동시키고 있을 거야? 이런 부분에까지?

2

마음이 가라앉아 있어서였겠지. 집을 나서는데 그냥 을씨년스런 기분이 들었어. 새벽까지 겨울 빗방울이 흩날렸고.

결혼 전부터 그대가 잘 데리고 다니던 P 말고 또 한 사람 있었지? 엊저녁에는 그이와 통화했거든. 그런데 터무니없는 말을 하더라? 일 년에 한 번쯤이나 통화하게 되나? 목소리를 들으면 이십 여 년도 넘게 이어진 이 질긴 관계성의 인연과 그 딱한 태도가 싫증나. 내 스스로에게도 짜증이 나더군. 어처구니없는 생각을 토로하는 입술은 그렇다 쳐. 그런데 거기에 반응하는 이 귀의 터무니없음 말이야.

내가 처음 그대를 봤을 때는 아주 작은 소녀였어. 우리가 결혼할 즈음의 P는 작은 소녀를 갓 벗어난 처녀였고. 쓰고 보니 무슨 유행가의 가사 같네. 일을 핑계로 결혼도 하지 않다가 나이 마흔을 넘겨버렸군. 그런데도 내가 여전히 이놈저놈하면서 대할 수 있으니 이상한 관계성이야. 그 P에게는 늘 따뜻함과 정겨움을 느껴. 그런데 지금은 그대가 없는 상황이잖아. 옆에서 기웃거릴 때는 번거롭기도 해. 그 오랜 세월 동안 혹시 쓸데없는 상념을 하도록 틈을 준 것이 있었을까? 만약 그렇다면 틈새를 꿰매놔야겠지. 내 삶 속에 많이 침투해 들어온 관심도 좀 희석시켜 주고 싶고. 일상적인 관계성이 돼야겠지. 그게 책임과 도의적인 부분에서도 옳은 일 같아. 배려한답시고 엉뚱한 기대를 갖게 하는 이 어쭙잖은 태도 역시 버려야겠어. 나는 이제 그런 일에 생각을 분산하는 일들이 싫어졌거든. 혼자서 있는 시간을 헛되이 만들고 싶지는 않아. 정말, 제대로 써야겠다는 마음을 먹었어. 속에 있는 것들을 가감 없이 토해내는 진솔한 정서를 표현해 볼 테야. 그러면서 자신에게 묻고 싶기는 하더라. 내 존재성을 실감하는 길이 오직 이것뿐인가에 대해서. 여기에 몰두하면 정녕 후회하지 않을 수 있는지에 대해서.

3

내리는 비를 바라보며 맞던 그 바닷가의 새벽을 기억해? 중·고등부의 아이들과 함께 갔던 여름수련회에서였던가? 벌써 오래전 일이네.

이곳에는 며칠 동안 겨울비라는 이름의 물방울이 제법 많이 떨어졌어. 계절은 다른데 느낌은 그때와 비슷하더군. 속에 붙들어 눌러놓은 상념들이 슬쩍 머리를 치켜들더라고. 그렇다 한들 반응하지 않으려 애쓰는 이 안간힘이 딱하기도 했어. 묵묵히 하루하루의 시간을 감당해냈지. 그렇게 맞은 밤이었어.

"그들은 격렬한 말의 충동과 집요한 침묵의 인내 사이에서 마멸되어 가는 인물들이다. 그렇게 바스러지고 마는 人生에도 生의 意志라는 것이 있다면, 그것은 항용 말과 침묵을 한꺼번에 휩쓸어버리게 될지도 모르는……."

누구의 글인지 출처는 잘 모르겠어. 책에서 읽은 기억은 있는데, 바슐라르의 말인지 막스 자콥의 말인지도 명확지 않네. 아니면 다른 사람의 글인지도 모르겠고. 하여튼, 내가 아는 후배 시인이 자신의 홈페이지에 올려놨던 글이야.

요즘 또 잠이 잘 안 와서 이런 내용이 적혀 있는 것을 읽다가, 이른 새벽, 문득 정신이 들었어. 밖에 나가서 담배를 한 개 피워야겠다는 생각이 들더군. 응? 또 피우고 있느냐고? 아니, 안 피워. 가끔 머리 아플 때 한 개 정도야. 담배 핀다는 실감도 제대로 하지 않고 있어. 그 냄새도 지겹고.

조용한 놀이터 의자는 젖었고 안개가 자욱했지. 이상했어. 툭툭, 떨어지던 물방울이야 그러려니 했지만, 흔적도 없이 스며드는 이 습기 같은 것이라니. 그것에 또 저항도 못하고 이 몸뚱이를 내맡겨버리게 된 것이라는 인식이 스며들다니. 아주 조금씩 눈을 붙이며 새우는 이 불면의

밤들이라니. 아주 당연한 습관처럼 만들어져버렸다니. 가라앉던 그 기억에서 도대체 벗어나지 못하는 어처구니없음이라니. 그것을 집어던지듯 담배를 집어던지려다가 멈췄지. 손가락에 움켰던 것을 가만히 비벼서 끄고 일어섰어. 이것들이 흩어진 의자 밑의 콘크리트 몰탈 바닥은 보송보송하더군. 이렇게 축축한 비가 왔어도, 스며들어 오는 새벽안개의 침투 속에서도 흡습을 모르는 이 물성의 구조가 딱했어. 다시 머리를 흔들었지. 그러니까 우리는 서로의 가슴을 들여다보고 있었던 것이야. 이 물성처럼 생긴 것들의 구조가 갖고 있는 비밀까지 다 알고 있었던 것이지. 정말 그랬어. 그렇게까지 일치했던 관계성이 소멸됐다는 생각에 새삼스레 또 마음이 허전해지더군. 몸에 스며들어 온 두통도 처리해야 했어. 얼른 올라와서 따뜻한 물을 한 잔 마셨지. 아스피린 두 알 털어 넣고 자리 위에 몸을 눕혔고.

　이제 이 악물고 숙면의 습관을 만들어보도록 할게. 사람과의 관계성에 대한 설정도 다시 해보면서.

멈춰버릴 수 없는 이 마음의 움직임
— 편지 6.

새벽이었어. 창에 세미細微하게 부딪는 소음이 들렸어. 눈이 떠졌어. 물방울 떨어지는 소리였어. 우악스럽게 들이부어지던 것들이 숨을 고르며 성글게 흩어지고 있었어. 그 흔적에 시선이 따라다녔어. 전에 읽었던 책 내용이 떠올랐어. 인연과 관계성에 대해서 써놓은 것이었어. 거침없이 쏟아지다가 흔적 없이 잦아드는 저 물방울처럼 하늘에서 겨자씨 같은 것이 떨어진다는 것이었어. 바닥에는 몇 개의 바늘귀가 박혀 있다는 것이었어. 떨어지던 겨자씨들 중 하나가 허공을 향한 그 바늘 한 끝에 꿰이게 된다는 것이었어. 이것을 일컬어 비껴갈 수 없는 인연이라고 쓰여 있었어.

이런 내 생각의 끝은 언제나 시와 맺고 있는 관계성에 관한 것이야. 무슨 대단한 시인도 아니면서 그래. 누구

못지않게 시를 깊이 사랑하는 것도 이상하다면 이상하고. 글 쓰는 일이 내 남은 삶이라고 결정해버려서인지도 모르겠고.

오늘도 새벽부터 마음이 시달려버렸네. 견뎌내기 만만한 하루가 아니리라는 예감이 들어. 겉으로는 태연할 수 있으니 참 이상한 일이기도 하고.

아주 천천히 흩날리며 떨어지는 겨자씨처럼 어느 순간 그 시라는 바늘 끝에 꿰어 관통되어 버렸다는 느낌. 그렇게 몰두하면서 이를 당연히 여기는 마음의 상태. 시달릴 때 많지만 또 이를 고달파하지 않는 속내라니. 이상하지? 내면의 이런 출렁거림쯤은 아무렇지도 않다니 말이야. 충분히 감당할 만하다고 받아들이게 됐어. 나는 정말 이로 인해 마음이 채워져 있는 것일까? 게다가 더 욕심을 부리고 있네. 이런 정서가 더 녹아 스며들어서 아주 깊이 숙성될 수 있기를 바라는 것. 이것이 정녕 울림 있는 시로 만들어질 수 있기를 원한다는 것. 삶의 태도 역시 이 모든 것을 거뜬히 감당해내는 튼튼한 것으로 나타날 수 있으면 좋겠다는 것. 그럴 수만 있다면 더 바랄 것도 없다는 생각. 혹시 누군가는 가당치 않게 여길지 모르겠네. 하지만 나는 정말 아무것에도 구애받지 않게 됐어. 두려움이 없어졌다는 이야기야. 다만 지금은 섭리에 순응하는 습관을 배울 뿐이지. 공허하기도 하고 결핍도 있지만, 부끄럽다거나 수치스럽지는 않아. 다른 이들이 어찌 감히 나를 헤아릴 수 있겠어. 또 헤아린다 한들 그것은 그들의 입장일 테니 아무렇지도 않다는 뜻이야. 내 정신은 정말 자유스러워졌거든. 외부의 이런저런 반응에도 웃을 수 있다는 것. 어떤 일방적인 판단에도 분노를 품거나 즉시 발끈하지 않게 됐다는 것. 생각해보니 이 마음의 움직임이 참 묘하군. 그 과시하고 싶어서 애쓰던 시간들 속에서는 맛보지 못했던 것들이어서.

여전히 흐려 있는 날씨이네. 저물녘이면 빗방울이 더 굵어지려는지. 그렇게 된다면 오늘은 다음과 같이 해보리라고 작정했어. 시 쓰는 일에서도 대상에 대한 진정한 '입맞춤'과 '눈물'을 품어봐야겠다고. 이것이야말로 정녕 시인의 마음이라는 것을 깊이 새겨둬야겠다고. 왜 이런 생각이 드는 것인지. 내가 처음 시에게 입맞춤을 했을 때를 떠올렸기 때문일까? 그때가 언제였던가? 어떻게 했던가? 그 입맞춤을 생각하면 왜 눈물이 날 것만 같을까? 입술의 느낌을 감각하는 마음이 늘 메말라 있어서일까? 이 바삭거림이 안타까워서일까? 아니면, 천천히 젖어오는 눅눅함이 안쓰러워서? 그것도 아니라면 그 입술의 나중 느낌이 따뜻하고 촉촉하고 정겹고 고마웠기에 그런 것일까?

오늘 새벽에도 시에게 말해주고 싶었어. 함께 사는 날 동안 메마름과 바삭거림이 생긴다면, 혹은 다른 눅눅함이 스며든다면, 자꾸 생기를 북돋아서 따뜻함과 촉촉함과 정겨움을 살려내 보자고. 이 모든 것들이 어울려 발효되고 숙성되어서 맑은 향기로 풍겨질 수 있도록 만들어보자고. 나는 아주 기꺼이 더 좋은 누룩을 준비하겠다고. 내 사는 날 동안 몇 행의 절창일지언정 만들어보고 싶다고.

싹

1

이 마음에 일렁이던 바람 조금 잦아들었네. 그동안 피부의 감각도 건조해지는 것 같았어. 푸석거리는 느낌 편하지 않았고. 못 견딜 정도는 아니었다고 해도.

모처럼 관계하고 있는 문학동인 홈페이지를 열어봤어. 접시에 놓인 감자 몸통에 싹 돋아난 사진이 올라 있더군. 덧붙여진 글도 있었고.

"있는 힘껏 기지개를 펴며 움을 틔우는 애씀은, 흙에 눕지 못하는 아쉬움마저 끌어안는다."

고개 끄덕였어. 생명력을 관찰한 세심함에 감탄하면서.

감자 싹이 표시하고 있는 것은 자기 살아 있음의 증명이었어. 가만히 놔두면 이렇게 혼자서도 싹 틔울 수 있다고, 설 수 있다고 강변하는 느낌. 흙에서 파헤쳐져 접시 위에서 존재 의식을 잇는 것이 씁쓸하다는 항의로도 여겨졌고.

이 세상의 세계에 있는 동안 그대도 그렇게 여겼을지 모른다는 생각이 들더군. 내가 이끄는 대로 어디든 끌려나왔어야 했으니. 그렇다 한들 거기에 작은 수분이라도 더 적셔줄 수 있었다면 좋았으리라는 마음을 버릴 수 없었어. 이것도 집착일까? 내 무기력했음에 대한 탄식일지도 모르겠네.

문득 내가 아는 꽃 풀 나무의 이름을 헤아려봤어. 겨우 몇 개뿐이더라. 흔히 볼 수 있는 것들도 그 이름 선뜻 떠오르지 않는 게 부지기수였고. 제법 하늘 올려다볼 줄 안 답시고 콧등 치켜세우기 잘했는데. 그랬던 내가 이 키 작은 것들 이름은 도대체 알 수가 있어야지. 흙바닥 쪽에 더 몸을 낮춰야 한다는 의미로 받아들였어.

이는 시 쓰는 일에서도 마찬가지야. 내 멋모르고 쓸 때의 그 치기稚氣가 오히려 맑은 것이었다는 생각이 들어. 지금은 사물과 대상에게 들러붙어 보려고 하지 않아. 그런 습관 익혀볼 생각도 없어. 그럴듯하게 치장하는 것에만 익숙해 있지. 그러면서 몇 행의 절창은 만들고 싶어 하다니. 읽는 이와 감정 공유의 부분에서 여전한 결벽증 환자인 주제에.

어떤 책에, 시는 시경詩經에서 말한 것처럼 절절해야 한다는 구절이 쓰여 있었어. 오래전 나도 시경을 읽었는데, 그때도 시를 쓰고 있었는데, 왜 이 말은 기억에 남아 있지 않을까? 절절함은 사무침일 텐데, 한 생각의 집중일 텐데, 내가 읽은 절절한 시들에서 숱하게 많은 청승맞음을 맛보아서, 그 기승떪이 지겨워서일까? 세상살이, 가장 모진 것이 그리움이라는 말도 들어봤거늘, 그런 시에서의 절절함은 내게 하나도 애달프게 느껴지지 않으니.

2

그 감자를 밭에 놔뒀으면 제 혼자 싹을 틔웠을 것이야. 오히려 더 충실한 뿌리알갱이를 맺었겠지. 그런데 어떻게 접시 위에 놓이게 됐을까? 감자를 발견한 이의 짝사랑 때문일까? 아니면 외사랑 때문에? 그것도 아니면 더 싹을 잘 틔워보겠다는 허영의 욕심 때문에? 아무리 그 일방적 행위를 합리화시켜 본들, 감자는 자기몸뚱이를 접시 위에 올려놓은 이의 마음을 모르겠지? 그 막무가내 혹은 낮간지러운 이기심을 알아야 할 까닭도 없을 테고.

또 다른 면에서 살펴보면, 이 일방성에는 안타까움이 포함된 것일지도 몰라. 자기 손으로 감자 싹을 틔우고 꽃 피우게 하고 싶은 마음. 감자의 존재 위치는 아랑곳 않는

집착일 수도 있고. 이런 상태가 점층 되다 보면 싹과 꽃
이 피기를 기다림은 몽환夢幻이 될 수도 있을 텐데. 감자
는 그것도 모르고 있겠거늘.

　이런 상태에서 벗어나기 위해서는 점진적인 마음의 충
족이 필요해. 가장 좋은 것은 감자에게 외사랑의 감정을
품는 것이야. 다시 말해서 감자, 혹은 어떤 대상이 이쪽
의 마음을 몰라준다 해도 아무렇지 않게 여기는 것. 외사
랑에는 집착이나 몰두의 감정에서 발출되는 끈적거림이
없어. 그냥, 그러려니, 어쩔 수 없으려니 하는 넉넉한 관
조觀照의 심정을 지닐 수 있지. 그렇게 기다리다 보면 싹
틔우는 모습 볼 수도 있고.

　마찬가지로 혼자서 싹을 틔우는 감자의 모습에도 꿋꿋
함은 담겨 있는 것이야. 생명력의 힘. 갖다 놓은 이가 수
분을 공급해주고 지켜봐주니, 자기는 다만 살아 있음의
표시만 할 뿐이라는 당당함.

　사랑도 마찬가지 아니겠는지. 호들갑스럽지 않다는 것.
곁에서 지켜봐줄 뿐이라는 것. 메마를 때 습기를 공급해
준다는 것. 시간을 내주는 것. 대상을 향해 시간을 내주
는 것은 매우 중요한 일이지. 내 존재가 그의 존재에 스
며들어 가겠다고 가만히 표현하는 것이니까. 마치 감자의
몸통에 싹이 돋는 것을 곧 볼 수 있다고 믿는 것과 같으

니까.

내가 맺은 그 사람의 아들로 오신 분과의 관계성도 이런 것이었어. 아직도 헤아리지 못하는 부분이 많아. 다만 한 가지는 고백할 수 있겠네. 그분의 존재성이 내 존재 속에 스며들기 원하시는 것을 나는 이제 실감으로 분명히 알게 됐다고. 접시 위에서 싹이 튼 감자의 모습을 보는 동안 이 마음의 귀에는 그런 여러 가지 이야기가 들리는 듯했어.

묶여 풀어지지 않는 사랑

— 편지 8.

내가 요즘 잘하는 일이 전에 써놨던 글 살펴보는 일이야. 내려다보고 있다고? 그럴 때마다 한두 가지의 상념에 붙들려 있기 잘하는 것도 알겠네? 한번 들려달라고? 그래, 좋아. 이 마음의 토로는 독백의 형태일 수밖에 없겠지. 하지만 여전히 그대를 늘 들어주는 대상으로 삼을 수 있다는 사실이 고마워.

벌써 재작년 겨울이네. 큰아이가 수능시험을 치렀어. 설정해 놓았던 기대치는 미흡하게 충족됐고. 그대가 곁에 있었다면 꼭 끌어안아 주며 수고했다고 토닥여줬을까? 이제 와서 하는 말이지만, 애쓰며 노력한 결과가 만족스럽지 않았어. 안타깝고 속상했지. 우리 아들이 어떠했는지는 더 말할 것도 없겠네. 어디 하소연할 데도 마땅치 않았을 테니까.

나는 시도 제대로 쓸 수 없더라. 형식을 부여하지 않은, 잡문이라 할 수밖에 없는 글들을 겨우 끼적였지. 다시 들여다보다가 이것들은 마음의 허위를 담아낸 것이 아니었을까 하는 생각에 빠져들게 됐어. 조금 더 살펴봐야겠지만, 만약 그렇다면, 그따위 기만의 글들은 모두 지워야겠다는 결심이야. 앞으로도 그대가 내 시와 글을 지켜보고 있을 것이잖아. 또 쓰는 일의 본질이 거기에 진정성을 담아야 하니 더 그렇지 않겠어?

어렸을 때부터 익혀온 내 삶의 태도와 습관을 돌이켜봤지. 가식에 익숙한 사람은 아닌 것 같아. 처신에 뛰어나지 않다는 뜻이야. 대상에 대한 관심은 늘 갖고 있었지. 비교적 감수성도 예민한 편이고. 다만 좀 건방진, 아니면 잘난 척하는 느낌을 주는 태도가 나타났을지 모른다는 염려가 생겼어. 더구나 나는 눈빛이 사납잖아. 쳐다보는 모습에서 사람을 같잖게 슬쩍 흘겨보는 모양이 나타난다고 하더군. 그대 보기에도 그랬어? 만약 그렇다면 이는 강박관념을 감추려는 허영심이었을까? 아니면 관계성의 배려에 무심한 태도? 사실 나는 그런 부분을 전혀 의식하지 않았는데. 충동에 쉽게 반응하는 작자가 아니었던 것처럼.

이런 모습이 더 확연했을 내 젊은 날의 언제였던가?

이 속으로 쑥 들어와 버린 사람 하나 생겼지. 무덤덤해야겠다고 결심하기 잘하던 마음 깊은 곳에 파동이 생겼어. 그렇게 흔들린 모습의 내 표현은 좀 독특했던 것 같아. 그대에게 보인 그런 태도의 표출 때문에 곧잘 핀잔을 받았지. 그래도 뭐, 태연하게 그것을 밖에 보였단 말이야. 아무것도 아랑곳하지 않는 꼴이었지만, 그렇다 한들 그게 뭐 대단히 이상하기야 했겠어? 이 사랑은 단절하기가 참 어렵겠다는 것을 벌써부터 감각하고 있었는데. 우리의 가치관이 상충될 때는 무조건 끌어안아버리겠다는 다짐을 해버렸는데. 양쪽 집안이 느꼈던 친근감도 역할을 했겠지. 어떤 노래의 가사처럼 그대가 아주 작은 소녀일 때부터 연결돼 있으면서 갖게 된 인식. 돌이켜보니, 내가 뒤뚱거릴 때 그대는 다만 기다려주던 사람이었어. 고달픈 상황이 생기면 자기를 버리면서 가만히 끌어안아 주었지. 그 시달림에 고달파하는 나를 부끄럽게 만들었어. 그런 생각이 들면 우리가 아주 어렸을 때부터 듣고 자라서 익숙한 이야기, 성서 창세기 29장에 나와 있는 한 남자와 두 여자의 사랑이야기를 떠올리게 돼. 거기에 등장하는 사내의 이름은 야곱. 또 레아와 라헬이라는, 그의 아내들이며 사촌누이였던 두 여자의 이야기.

　언젠가 우리 담임목사님도 이런 내용을 설교했어. 속으

로 혼자 생각했지. "아, 이것도 내게는 복이구나." 그대도
공감하지? 이렇게 안정되고 정확한 메시지를 받을 수 있
다는 사실 말이야. 내가 복이 많다고 말한 이유도 알 테
고. 우리의 결혼 초기에 출석했던 그 교회에서의 일을 마
음에서 정리하고 싶어 한다는 것 말이야. 지금 생각해봐
도 어쩔 수 없는 상황이었기는 했어. 그냥 스쳐지나가듯
여겼어도 좋았으련만. 하지만 내 자의식 때문에 그대까지
숨 가쁜 경험을 했던 신앙생활이었잖아. 몇 년 동안 맡았
던 성가대 지휘자역할에만 충실했으면 좋았을 텐데. 나는
왜 그렇게 교회의 리더라고 할 수 있는 이들의 얼토당토
않은 음감, 제 편하게 갖다 붙이는 박자처럼 비틀린 가치
관까지 교정하고 싶었을까? 염치를 모르는 인도자는 그냥
멸시해버리면 됐을 것을. 그나마 선친께서 섬기던 교회를
거쳐서 이곳 우리 장현교회에 출석하는 동안, 나는 조용
히 섬기는 법을 배웠네. 내게도 치유가 필요했다는 사실
을 인정하며 감사하게 됐고.

　야곱과 라헬의 사랑은 어떻게 해볼 방법이 없을 정도
로 치명적이었지. 알고 있을 것이야. 야곱은 라헬이 이
세상의 세계를 떠날 때까지 그 손을 놓지 않았어. 이 아
내가 죽은 다음에도 집착의 끈은 끊지 못했고. 그 결과가

무엇이겠어? 동생 라헬이 세상을 떠났어도 레아는 남편으로부터 집중받지 못했단 말이야. 결핍감이 쌓였지. 여러 부분에서 상호불일치의 관계성이 만들어지기 시작했고. 한 사람은 독점적으로 밀착하기를 원했어. 그런데 남편은 이를 아무렇지도 않게 무시해버렸지. 그 과정에서 서로를 상하게 하고 스스로 상하기도 했을 것이야. 얼마나 피곤한 일이었을까? 이런 부분에서 보면 야곱이 집념의 사내였음은 분명해. 그러나 관계성의 배려에서는 매우 미숙하거나 소홀한 사람이었다고 생각돼. 자녀들에 대한 것도 마찬가지였어. 사랑하던 아내 라헬이 남긴 아들 요셉과 베냐민에 대한 총애에서도 나타나. 다른 자녀들을 대하는 태도의 편파성에서 더욱 극명하게 드러나고 있지. 야곱의 집념은 한 사람만 사랑하여 몰두한 부분에서 참 치열했어. 삶의 태도와 관계성의 설정에서도 다른 것은 아랑곳하지 않았지.

야곱의 그 집념에는 비할 수 없을지 몰라. 그러나 나 또한 관계성의 미숙과 소홀에는 오십보백보라는 생각을 해. 이 말에는 주제넘는 과장법이 섞였을까? 나 역시 다른 어떤 이들을 마음에 담기가 쉽지 않다는 뜻에서 해본 이야기야. 불편하지 않겠느냐고? 이런 시를 알지? 왜 사냐고 물으면, 그냥 웃지요, 라고 하는.

오늘은 이상한 이야기를 했네. 이 마음속 상념이 제대로 정리된 것 같지는 않아. 어쩌면 그때 들은 설교말씀과 내 의식 속에 있던 생각이 얽힌 표현이 됐을까? 다만 이것이 내 속에서 숙성된 인식으로 발효되기를 바랄 뿐이야. 그렇게 해서 또 어떤 시로 익어 나온다면 고개 끄덕여주기를 바라기도 하고.

또 한 가지는, 내가 그대를 사랑하며 붙들고 있는 것이 무엇인지 들여다봤다는 것이야. 야곱이 그랬던 것처럼, 나는 어느 순간에 그대를 마음에 품게 됐을까? 품어버린 이것은 집착일까?

나는 이것이 여전한 사랑이라고, 이런 몰두의 심정은 그대의 가치를 헤아리기 전에 선행先行한 것이라고, 저절로 생겼던 마음이라고, 그렇게 해서 내 안목에 대한 긍지가 상승되기도 했으니 신기한 일이라고, 여기에 부부로서 진정한 연합의 의미를 부여했다고 그렇게 말하고 싶어. 그런 생각을 속에 품으면 행복해. 오늘 그 기분을 아주 만끽하고 있어. 그대와 나 사이에 허락하신 하나님의 선물, 우리 아이들 때문이기도 해. 저 멋있는 놈들, 참 기쁨을 느끼게 하는 대상들이 있어서.

우리를 붙잡아매고 있는 것들

— 편지 9.

　어제, 그제는 겨울비 같은 물방울 조각이 몇 개 내렸어. 바람도 조금 불었고. 오늘도 제법 쌀쌀한 것을 보니 꽃샘추위인가.

　큰아이가 들어간 대학교는 기독교재단에서 운영하는 곳이야. 수능시험을 망쳐버린 이놈은 내 눈치를 보면서 거기 환경생명공학과에 진학했어. 1년이 지나고 2학년의 개강을 며칠 남겨둔 날이었어. 앞으로 더 공부에 열중해야겠다는 의지를 내보이더군. 의사표현이 신중한 녀석이잖아. 그런 우리 아들이 밖으로 뜻을 내보였네. 아마 그렇게 진행될 것이야. 어떤 이유에서인지는 파악을 못했어. 다만 공부를 더 충실히 해야겠다는 동기부여를 받은 것은 분명해. 고마운 일이지. 그 말을 듣고 가만히 가슴을 쓸어내렸어. 자기노력의 결과가 미흡하게 나타난 것을 괴

로워했거든. 자기 장래에 대한 고민 때문이었겠지. 잠도
제대로 못 자더니 회복한 듯해서 안심하게 됐고.

그런데 있지? 모처럼 부자지간에 편안하게 대화를 나
누다가 녀석이 불쑥, 손을 내밀더라고. 책을 여러 권 사
야 하는데 지금의 인색한 용돈으로는 모자란다나? 자기가
반납했던 카드를 되돌려 달라는 것이었어. 속으로 생각했
지. '어, 요놈 봐라? 이제는 마음이 편해졌단 말이지? 혹
시 데이트 비용이라도 필요한 걸까?' 그래서 물었지. 혹
시 눈에 들어오는 여학생이라도 있느냐고. 그랬더니 "아
빠 닮아서 제가 눈이 좀 높잖아요. 공과대학이라서 그런
가? 안 예쁜 애들뿐이어서 용서가 안 되네?" 이러면서 나
를 웃게 만들더군. 공과대학이어서 예쁜 여학생이 없다는
것은 녀석의 이상한 선입견이지만 말이야.

하여튼, 우리 아들이 다니게 된 학교에는 학점을 이수
해야 할 과목 중에 성서개론이라는 것이 있더라고. 아비
를 웃기면서 카드를 한 장 받아 챙기더니 성경을 꺼내들
고 앞에 앉더군. 아빠 좀 써먹어야겠다며 이것저것 묻기
에 함께 읽기 시작했지. 그렇게 바울 서신을 펼쳐서 그중
의 한 구절을 읽다가 또 어떤 상념에 붙들려버리고 말았
어. 뒤에 있는 것은 잊어버리고(forgetting what is behind)
앞에 있는 것을 잡으러 달려간다는 구절 때문에.

　이런 내용을 다룬 책을 읽은 기억의 연상 작용일까? 문득 이런 생각이 떠올랐어. '옛날에 받은 상처 때문에 지금의 관계성에서도 그 기억의 흔적에 영향을 받고 있다면 이것은 다시 말해서 과거가 현재를 지배하고 있는 것이다. 과거의 실패와 고통에 붙들려 있기 때문에 현재와 미래가 마비된 상태'라고.

　내가 이런 모습으로 앉아 있자 아이는 '우리 아빠, 또 시작이구나, 잠시 후 저 입에서는 무슨 말이 나올까.' 기대하는 표정으로 슬그머니 물러나더군. 이럴 경우 아이들이 내보이는 태도에는 까닭이 있는 것이잖아. 내가 정말 심어주려는 것은 남들과의 경쟁에서 이길 수 있는 술수나 처신에 관한 방법이 아니었으니까. 아비의 가치관을 그대로 주입시키려 하는 것도 아니었고. 다만 우리의 삶에서 최우선의 가치에 관한 것들을 이야기해줬지. 내가 바라던 것은 거기에 동의해주기를 바라는 그 한 가지뿐이었고. 물론 그것을 납득하고 실천하는 태도는 우리 큰아들과 작은아들이 갖게 된 자율적 의지의 영역이라는 분명한 인식도 심어주었어. 때문에 부자지간의 이야기 끝은 늘 말씀의 원칙에 충실해야 한다는 말이 귀결인 것은 그대도 알지?

　이번에도 마찬가지였어. '과거를 은혜의 시각으로 다시

바라보는 것이 신앙이다. 과거의 사건과 기억에게 얽매어 있을 필요는 없다. 그 사슬을 박차고 나와야 새로운 미래를 열어가는 것이 가능하다.'는 이야기를 해줬거든. 그랬더니 이 녀석이 뭐라고 했는지 알아?

"그 부분에서 나는 해당사항 없고, 그건 아빠가 꼭 자신에게 하는 설교 같네?"

그 말을 들으며 킥, 웃었어. 그러면 그렇지, 라는 생각도 들었고. 우리 아들이 그런 인식을 가졌음은 고맙고도 당연한 것이잖아. 그런데 이런! 웃으며 나는 왜 또 다른 사람들을 떠올렸을까? 만약 이런 부분을 의논해오는 그들과 내게 어떤 내적 치유가 필요하다면, 함께 이를 치유해갈 수 있는 비전을 서로 품으면 좋겠다는 바람이었어.

덧붙인다면, 내 삶에서 쓰는 일보다 자신에게 더 충실해지는 일이 어디 있겠는지. 지금의 입장에서는 더욱 그래. 쓰다 보면 외부를 향한 헛된 욕심에 시선을 많이 두지 않게 되거든. 여기 부끄럽지 않기 위해서라도 더 잘 쓸 수 있는 방법을 모색해보고 싶어. 이를 통해서 삶의 태도에서 미숙했던 부분이 다시 학습되고 교정되고 개선되기를 원한다는 의미야. 여기에는 정녕 어떤 허위의식도 개입시키면 안 되겠지. 그리하여 어느 날 돌이켜보면, 내 마음에 가라앉았던 앙금들, 그 상처의 기억과 흔적들이 말끔해져 있으면 좋겠어. 새롭고 충실한 관계성도 만들어야겠고.

사람이 태어나며 받는 기능(Talent)에는 여러 가지가 있잖아. 그중에서도 내가 정서적으로 동질감과 공감대를 느끼는 이들은 쓰는 일에 의미를 부여한 사람들이야. 그들에게 충실하게 쓸 수 있는 방안을 제시해주고 싶어. 혹시 감춰두고 있을지 모르는 상처, 거기에 대한 치유와 성숙은 물론 내면의 아름다운 충계를 차곡차곡 쌓을 수 있는 설계도도 그려주고 싶고. 건방진 말이겠지만, 괴상한 비약이기도 하지만, 어쩌면 나는 다섯 달란트 받은 자였을지 몰라. 그런데 이 같잖은 자의식과 일방성의 무관심 때문에 한 달란트 받은 자처럼 그것을 방치하고 있었어. 그런 생각이 드네. 더 늦기 전에 묻어뒀던 것들을 파내서 털고 닦고 짊어지고 나가서 불려놔야겠어. 그런 결심을 해보는데 사실은 이 정서가 지닌 시력조차 미약해진 것 같아. 방향을 설정하는 일조차 어리둥절해졌거든. 이제는 정녕 그 사람의 아들로 오신 분이 주신 이정표를 따라가 보려고 해. 그래야만 사람의 가슴에 들어가 볼 수 있을 테니까. 그래야만 그 가슴들을 두들겨 진정성의 공명을 만들어 낼 수 있을 테니까. 그래야만 그 사람의 아들로 오신 분의 가슴에 담긴 이야기들을 그들의 귀에 들려줄 수 있을 테니까.

이 불면증을 어떻게 할까

— 편지 10.

내 나이쯤의 사람이면 누구나 다 그렇겠지. 살아온 동안 꽤 여러 분야의 사람들을 만났다는 것. 그중에는 알고 지낸 지 아주 오래된 여자도 있네. 서로의 기질과 성품까지 잘 알게 되었고. 응? 잘나빠진 연예인 한 명 안다고 동네방네 소문내지 말라고? 주책이라고? 아무리 무미건조한 사이였다지만 은연중 배려하는 태도에 속 뒤집힐 때 많았다고? 참내, 나보다 연상이니 그대보다는 훨씬 나이든 여자 분에게 그랬단 말이야? 못 말려요, 그 독점욕. 그건 당연한 것 아니냐고? 누가 뭐랬나? 하여튼, 며칠 전에 한번 만났어. 비록 한 살 차이지만 여전히 내게 말을 놓더라. 우리 나이에는 익숙지 않은 일이잖아. 그 의미에 담겨 있는 것이 이제 남자와 여자로서는 다른 뜻이 없음을 강조하는 것 같았어. 불편하지도 않았고. 그렇게 세심한 감수성과 배려의 마음을 지녔어. 잘 늙어가고 있다는 생각도 들었지.

그날 아침 일찍 전화가 왔어. 대뜸 하는 말은 여전히 엉뚱하더라고.

"우리 박 시인 생일이 일주일 남았지?"

"어? 그래? 난 모르고 있었네."

"요새 잠은 잘 자?"

"그냥, 자다 깨다 그렇지, 뭐."

"그때 가 보고는 전화도 못해줘서 미안해."

"별걸 다 신경 쓰네, 그나저나 잘 지내고 있는 거야?"

그러다가 미리 축하점심 사겠다기에 약속하게 됐어. 만나서 '산사춘'이라는 술도 함께 마셨지. 잠 좀 푹 잤으면 좋겠다고 칭얼거렸고. 그랬더니 하는 말이 이거였어.

"편한 여자 옆에서는 푹 잠들 수 있을 텐데……. 없어?"

"응, 그딴 거 없어."

"그럼, 내가 가끔 재워줄까?"

"우리가 같이 자면 무슨 감동이나 있겠어?"

"여전히 바보구나. 내가 바로 편한 여자라는 거, 몰라?"

"됐다고 봐."

사실 나는 이따위 이야기는 누구와도 하지 않잖아. 그런데 이런 이야기를 주고받았다니. 서로 대하기가 편해서 그랬을까?

 그이는 제법 마시는 주량이야. 예전부터 술을 마시면 나 보는 앞에서 훌떡, 훌떡 벗어재끼기를 잘했어. 몰랐지? "시 쓰는 인간이랑 마시면 왜 이렇게 덥냐?"라는 궁한 말을 핑계로 삼았지. 내가 무슨 잘나빠진 시인이라고. 이 사람은 결혼하지 않았어. 구애받을 일은 없었지. 그러고 보니 나는 이 나이가 되도록 남의 아내인 여자들과는 특별한 관계성을 맺은 적이 없네. P도, 이 사람도 미혼일 뿐. 그래서 늘 가르치는 태도를 취했던 것일까? 생각해보니 지겹군. 또 이 사람과는 시선이 많지 않은 곳에서 만나야 했어. 얼굴이 알려진 사람이니까. 그래서 그랬는지, 둘이 있게 되면 어지간한 노출은 대수롭잖게 여겼어. 저 인간이 다른 곳에서는 내보일 수 없는, 결핍의 흔적을 내보이려는 의식적인 것이었을지도 몰라. 나는 아무렇지 않게 코웃음 쳤지. 또 그대가 이런 사실을 알았다 해도 무시해버렸을 것은 뻔해. 서로가 무덤덤하게 방심할 수 있는 사이였다는 것을 잘 알고 있었을 테니까. 그런데 있지? 그날은 이 사람이 결국 나를 재워놓고 갔다? 같이 잤다는 의미가 서로 몸을 끌어안았다는 것이 아니야. 그냥 옆에 있어줬다는 뜻이지. 한 가지 이상하기는 했어. 취기 때문이었을까? 아직 낮인데도 정말 덜컥 잠이 들게 되더라는 것. 모처럼 맛본 숙면이었단 말이야. 깨고 보니 가고 없었어. 잠드는 내 모습을 보며 뺨 한번 만져보고는 방을 나섰겠지. 그 상상을 하다가 겉은 화려했지만 그 일생은 참 쓸쓸했겠구나, 하는 생각이 들더군. 자그마치 아홉 시간을 잤어. 제법 정신이 맑아져서 휴대전화를 열어보다가 "내가 미쳤지!"라는 말을 저절로 하게 되더군. 아이들에게 좀 늦게 들어간다는 말은 해놨어. 하지만 이 녀석들에게서 두 번, 몇몇 사람들에게서, 맨 나중에는 잠든 사이에 간 그이에게서 온 전화가 있었어. 그렇게 여러 개의 부재중 수신전화 흔적이 남겨져 있더라고. 핸드폰을 닫으며 놓고 간 담배를 한 개 피워 물다가 다시 비벼서 껐어. 들떴다가 가라앉은 마음의 앙금을 지켜봤어. 솔직히, 흔들리는 모습이 노출된 것이었어. 막 쓰는 말로 하자면 기분 '엿' 같더군.

그이가 했던 말이 떠올랐어.

"혼자 살고 있는 게 고달파?"

"아니."

"그런데 왜 그렇게 시달리는 표정이야?"

"글쎄."

모처럼 만나는 것이었어. 편한 이야기를 나누고 싶었지. 그런 다음 유쾌한 기분으로 돌아서면 좋겠다는 생각이었고. 그런데 이 사람은 왜 내 사는 형편까지 다 파악하고 싶었을까? 그러다가 보니 이 약한 주량에도 불구하고 많이 마시게 됐어.

처음 만났을 때는 서로가 싱싱하게 젊었을 때란 말이야. 당시 나와 아직 결혼하기 전이었던 그대는 은근히 신경 곤두세웠지? 그러면서 서너 번쯤 같이 만났던가? 그 다음부터는 편해졌지? 만나게 된 동기도 그래. 친척어른들의 어떤 일로 인해서 연결된 것이었잖아? 그래서 더 그랬지? 더구나 나는 여러 가지를 잘 갖춘 사람도, 유명세를 타는 사람도 아니었으니까.

이처럼 그이와의 관계성에서 끈끈한 밀착은 만들지 못했어. 그렇다고 쌀쌀한 단절도 없었지. 한 세대가 바뀔 동안의 시간이 그렇게 이어져왔어. 그대와도 아주 드물게 통화 정도를 할 수 있었던가? 넘치지 않으면서 편하게 지내온 사이. 그러니까 이제는 서로에게 좀 흩어진 모습을 보이면 어떠랴, 하는 마음이 들었을지도 몰라. 그러나 내가 너무 많이 마셨던 것 같아서 난처한 기분이야. 그 다음의 상황에서 세밀하게 기억나지 않는 부분이 있다는 것 때문이기도 해. 취기가 오른 나는 어떤 태도를 노출했을까? 자신에게 여전히 냉정하고 엄격하겠답시고 흔들리는 모습은 나타내지 않았을 것이 분명해. 객쩍은 농담이

나 몇 마디 뱉었겠지. 이것만은 확실히 생각나네. 그이가 어떤 옛날이야기를 했어. 나는 또 그것을 망설임 없이 무찔러버렸지. 그런 내 태도에 잠깐 울 것 같은 표정을 짓다가 가만히 말하더라고. 우리는 연인도 친구도 아닌 어정쩡한 세월을 지내온 것뿐이래. 그렇지만 그것도 괜찮았다고 말해주더라. 그 말을 하던 모습만은 선명하게 남아 있네.

이런 관계성을 무엇이라고 하는 것일까? 그냥 막연하게 사람과 사람의 사이였다고 말할 수 있는 것일까? 그렇다면 그 사이의 거리는 어느 정도였을까? 그 간격을 헤아려볼 방법은 있을까?

사실은 그 깊이를 재보려는 것도 덧없는 일이라고 여겨져서 써본 이야기야. 허무주의는 아닐지라도 이제는 텅 빈 것을 채워볼 마음이 사라졌으니까. 그냥 그러려니 할 수 있게 됐으니까.

아쉬운 한 가지는, 이 사람도 교회에 출석하게 하고 싶었다는 것이야. 말씀을 통해서 나와는 또 다르게 공허한 마음이 채워지면 좋겠다는 생각을 하고 있었지. 그러나 여태 방법은 모색해보지 않았어. 특별한 관계성인데 권면해보지도 않은 것은 무책임이었다고 생각해. 내게 습관처럼 스며들어 안주해버린 이 조용한 무관심에서 돌이켜야

겠지. 억지로라도 이끌어봐야겠어. 그이는 그래도, 내 삶
의 시간 속에서 기억의 한 모퉁이를 차지하고 있는 사람
이니까.

편지의 형식을 빌린 집착에 관한 보고서

— 편지 11.

1

고정희의 시를 읽었어. 그대도 하늘나라에서 한번 같이 읽어볼 테야? 이 세상 지나가는 기차에 같이 탔다가…….
먼저 올라간 사람이니.

쓸쓸한 날의 연가

詩/ 고정희

내 흉곽에
외로움의 지도 한 장 그려지는 날이면
나는 그대에게 편지를 쓰네
봄 여름 가을 겨울 편지를 쓰네

변심했던 아내를 기억함

갈비뼈에 철썩이는 외로움으로는
그대 간절하다 새벽편지를 쓰고
허파에 숭숭한 외로움으로는
그대 그립다 안부편지를 쓰고
간에 들고나는 외로움으로는
아직 그대 기다린다 저녁편지를 쓰네
때론 비유법으로 혹은 직설법으로
그대 사랑해 꽃도장을 찍은 뒤
나는 그대에게 편지를 부치네
비 오는 날은 비오는 소리 편에
바람 부는 날은 바람 부는 소리 편에
아침에 부치고
저녁에도 부치네
아아 그때마다 누가 보냈을까
이 세상 지나가는 기차표 한 장
내 책상 위에 놓여 있네

잘 지내고 있지? 거기에서도 여전히 깔깔거리며 명랑하고?

요즘 나는 쓰는 일에 있어서도 여전히 침잠의 시간이 이어지고 있어. 잘 써지지가 않네. 대신 바쁘다는 핑계로 못 읽었던 것들과 다시 읽어봐야겠다고 생각했던 것들을 찾아서 읽는 일에 매달리고 있지. 전에 썼던 글들을 살펴보기도 하고, 정리해보기도 하고, 고쳐보기도 하면서. 그러다가 보니, 그럭저럭 한두 권의 책이 만들어지네.

지금 이 글도 그대가 곁에 있을 때, 그냥 메모해놔야겠다는 생각으로 썼던 글이야. 써놨던 글을 찾아보고 정리하다가 문서 파일 한 귀퉁이에서 발견해 냈지. 당시에는 내게도 아직 명랑함이 남아 있었던 것일까? 장난스럽게 써내려갔더군. 아무것도 구애받지 않는 능청스러움도 담겨 있군. 다시 한 번 읽어보면서 가만히 시간의 흔적을 쓰다듬어봤어. 느낌이 새로워. 어떤 아련한 기억들이 떠오르기도 하고. 그렇다 한들 이제는 돌이킬 수 없는 일들이 되었으니 글이나 정리해 볼 수밖에.

새삼스러운 것은, 아이들 모습의 묘사를 다시 읽어보는 일이 하나도 어색하지 않다는 것이야. 이놈들이 그때는 어렸지만 이제는 제법 씩씩한 사내의 틀을 갖춰가고 있어. 사랑스러움에 믿음직함도 더해지고.

오랜 시간을 익숙했지만, 우리의 실제 연애기간은 한 6~7년이었나? 처음 대면했을 때, 어떤 노래의 가사처럼 그대는 아주 작은 소녀였는데. 그리고도 한참이 지난 후에야 연인이라고 할 수 있었는데. 이 세상의 세계에서는 다시 그 뺨을 만져볼 수가 없게 됐네.

선친의 기준에서 보자면 우리 결혼은 늦은 것이었어. 소위 말해서 장손이라는 작자가 서른을 넘긴 결혼이었으니. 또 이 작자는 그런 격식에서 벗어나보려고 무던히도 애썼다는 것을 알고 있으려나? 그렇지만 양쪽 집에서 막강한 화력지원을 받는 그대의 작전범위를 벗어나지는 못했고.

큰아이가 벌써 대학생이 됐어. 내년쯤에는 군에 입대할 것 같아. 이 글을 쓸 당시에는 초등학교 6학년, 작은놈이 1학년이었더군. 그래서인지 그때까지도 천진하고 유치한 집안 분위기였지? 오죽하면 그대가 말했던가?

"정말 귀엽게 놀고 있네요, 인간아! 걸핏하면 애들하고 만화책 가지고 다투고 있냐? 잘났다는 인간이?"

더 기가 막혔던 것은 그런 수준으로 지내는 것까지 당시 생존해 계시던 선친께서는 무척 재미있어 하셨다는 것이야. 솔직히 말해서 며느리 역성은 좀 도가 지나치셨지? 세상에! 자기자식보다 며느리를 더 신뢰하셨다니!

재호 어멈도 따져 물은 적이 있어.

"아버지는 나보다 올케언니를 더 믿지?"

거기 돌아온 답변도 좀 심한 것이었어.

"얘, 출가외인이 된 너하고 나하고 무슨 상관이냐? 당연히 어멈이 더 예쁘지. 그것도 모르냐? 맹꽁이 같은 놈."

그런 말을 옆에서 들으며 기가 막혔지. 그건 며느리에 대한 총애나 편애를 뛰어넘는 차별대우잖아. 한 사람은 당신의 혈육이고, 또 한 사람은 며느리인데 어떻게 그렇게 말씀하실 수 있었담. 그 속내야 어떠셨든, 보통의 흉금을 지닌 분은 아니셨어. 그런데 말이야. 그렇다고 해서 내가 아버지께 감정의 밀착감이나 간절함을 지녔던 것은 아니라는 생각이 들어. 그분의 기질이나 언행심사를 꼭 닮아야겠다는 의지도 확실했다고 할 수 없고. 그런데 지금 보니 내가 그 어른을 많이 닮아 있네. 누가 우리 아버지 새끼 아니랄까 봐서. 하여튼, 우리 두 사람을 묶어놓기 위해서 양쪽 집에서 합동작전의 화력, 병참지원을 하셨더라도 딸자식에게까지 안면몰수(?)하는 며느리총애가 가능한 것이었는지. 8번이나 522번 버스 한번 타면 통행할 수 있던 거리. 내 아버지이신 분은 그 평창동 골짜기에서 작은 공장으로, 또 그대의 아버지이신 분은 신촌의 작은 가게에서 가난한 살림 세우려고 애쓰는 동안 서로 형, 아우 하면서 심정적으로 서로 의지하셨을지라도 말이야. 나는 이제 분명히 알게 됐어. 두 어른께서 그대와 나를 묶어주려고 했던 일에는 이유가 있다는 것을. 당신들 관계성이 진정과 이해를 바탕으로 했다는 증거의 방편으로 삼으려 했다는 것. 때문에 생각하고 있지. 앞으로 내가 그런 입장이 된다면 절대 그런 태도를 내보이지 않으리라는 결심. 어? 그런데 뭐야, 우리는 딸은 생산해놓지 못했잖아?

2

함께 살아온 날 동안, 그대가 보여주던 태도가 늘 생각나. 큰놈이 초등학교 6학년이던 때의 운동회 날을 기억해? 거기에 사거리 한약방 원장님, 정형외과 원장님, 읍장 나으리, 파출소장님, 우체국장님, 또 누구더라? 아, 동네에서 제일 큰 점방(店房: 요즘은 무슨 '마트'라고 하는) 사장님, 무슨 시의회 의원 어르신 등등, 지역에서 행세하는 요로의 인물들이 목에 풀 먹여서 다림질하고 계셨잖아. 소위 말하는 학교체육진흥위원회의 어르신들.

나는 거기 왜 끼어 있었느냐고? 참내, 그거야, 손바닥만큼 작은 동네에 들어온 초창기에 폼 좀 잡기 위해서였지.

"아이구, 안녕하셨습니까?" 혹은 "기체후일향만강 하옵시고?" 아니면 "I'm grace meet you." 등등의 인사치례가 오갔는데 시간이 지날수록 이 분들의 목도 덩달아 뻣뻣해지는 것이 나는 우스웠어.

정형외과 원장님께 물었지.

"저분들 모가지, 깁스 쪼개려면 견적 좀 나오겠지요?"

이분의 눈빛까지 낯설면 그냥 일어서서 와버릴 생각이었거든. 지겹잖아. 아무런 이해타산도 정감도 없는 곳에서 그런 모습 지켜봐야 한다는 것이. 그런데 그 말을 듣고 무척 크게 소리 내어 웃었어. 새삼스레 나를 살펴보더군. 명함도 한 장씩 주고받았고. 나중에 소주나 한잔 같이 나누자고 약속하던 말은 그대도 들었을 것이야. 여러 해가 더 지난 다음에 나는 등뼈가 골절되는 일이 생겼네. 그 병원에서 몇 달을 입원해 있는 일까지 있었고.

드디어, 기다리고 기다리던 우리 작은 아드님이 등장하는 장면. 침이 꼴깍! 그러다가 준비! 땅! 달리기의 시작.

당시 초등학교 1학년이던 작은 도령께서 냅다 달렸지. 그러다가 그만, 털푸덕! 그래서 4등. 안타까웠어. 혼자 투덜거렸는데 그때, 그대가 간지럼 태우면서 말했던 것이 기억이 남았네.

"심기를 다스릴지어다. 이 사람아, 그런 일에 무슨 불만이 그리 많은고? 제 놈이 실수해서 넘어지고 만 것을."

그 말이 맞기는 하지만 아이 엎어지는 모습에 공연히 화딱지가 돋더라니까?

'아쉽다! 등수 안에도 못 들다니! 그렇지만 저건 작은

놈 잘못이 아니야. 하필이면 돌부리에 걸려 넘어질 게 뭐람? 내 이놈의 운동장 돌부리를 모두 걷어차버려?'

그런데 점심시간에, 김밥을 먹을 때 작은놈은 진실을 말해줬어.

"아빠, 그건 돌에 걸려서 넘어진 게 아냐. 신발이 벗겨지려고 해서, 그래서 넘어졌어."

그 말을 듣고 더 화딱지가 나더라고.

'내 이놈의 신발회사를 확, 고소해버려?'

그렇게 점심시간이 지났어. 우리 큰아드님의 순서. 그때도 벌써 길쭉한 다리로 잘 뛰었어. 난 쾌재를 부르며 중얼거렸지. "아무렴, 태권도 3품은 폼으로 딴 게 아니지."

그런데 말이야. 묘한 일이 생겼던 것을 기억해? 잘 뛰던 이 녀석이 뒤를 돌아보다가 슬쩍 늦추던 일. 한 녀석이 앞질렀고. 또 뒤돌아보더니 다시 늦췄고. 아뿔싸! 그래서 겨우 동메달.

돌아오는 길에 그대 중전께서도 엄한 질책을 내리셨던가?

"겨우 3등, 4등이 뭐야? 맹꽁이들아! 그렇게 먹고도 그것밖에 못해? 어휴, 내가 못살아!"

거침없는 비약은 계속되고 있었어. 지금 생각해보니 재미있기도 하네. 작은놈이 4등을 해도 대수롭잖은 눈치였잖아. 그런데 그대의 큰아드님께서 3등 한 것에는 왜 그렇게 낙담했던 것인지.

"세자, 그렇게밖에 못하면 나중에 이 가문을 지탱, 보존하는 막중대사를 어찌 감당하시겠소? 태권도 까만 띠는 폼으로 따시었소?"

꾸중을 듣던 우리 세자, 기막히다는 표정으로 대꾸하였지.

"엄마마마, 고정하시옵소서. 다 까닭이 있사옵니다."

하여튼 그대 중전께서는 새끼들 돋보이게 만드는 데 아예, 몽땅 '올인'하셨던 분이시라. 그날은 우아, 단정, 고상한 품위와 교양이 그대와 무슨 상관이냐는 듯했어. 길거리 위에서의 질책과 서릿발 같은 노기가 발휘됐던 으스스한 오후였지. 할 수 없이 우리 아드님들을 태우고 공장으로 갔고. 그런데 그 사이를 못 참은 그대가 전화를 했었다며?

"삼촌이 너무 오냐, 오냐 하니까 애들이 너무 유약해져서 큰일이에요."

이 말은 엉뚱한 곳에 대고 한 화풀이였음은 알고 있었지? 그나저나 공장장이라는 명분으로 내가 부려먹던 둘째는 과연 현명한 사람이야. 소인과 아낙네는 상대 안 하는 것이 신상에 이롭다는 옛 어르신들의 가르침을 충실히 받아온 인물이 분명해.

"하하하, 고정하시지요. 중전마마. 신에게 맡겨 주시지요.” 하고 말았다니.

3

엄마에게 시달림을 받고 풀이 죽은 큰놈과 작은놈을 보니 측은하더래. 피자집에 데려가더라고. 그리고 정확히 1시간 30분 후에 나타난 이 사람은 싱글벙글하는 표정이었어. 궁금증을 못 참은 내가 서둘렀지.

“어서 고하라!”

딸 하나만 키우고 있는 아우의 음성이 약간 들떠 있었어. 표정은 나를 놀리고 싶은 것 같더군. 부럽게 느끼는 것처럼 보이기도 했고. 묘했지.

“전하, 하례 드리옵니다. 과연 세자께서는 심모원려深謀遠慮하시고 또 그 흉중에 측은지심이 가득하신지라.”

그거야 뭐, 당연한 말이잖아. 나 또한 알고 있는 사실이었고. 그런가 보다 했는데 허, 거참! 아우가 줄줄이 덧붙인 말은 마음을 괴상야릇하게 만들었단 말이야.

“세자께옵서는 전하처럼 일방적이고, 제멋대로의 막무가내이며, 냉정하기 짝이 없는 폭군이 아니라 장차 참으로 어진 군주가 되실 재목이라 사료되옵니다.”

그 이야기를 들으며 어? 이 친구가 대놓고 말한단 말이지? 하는 생각이 들었어. 나중에 다른 일로 닦아세우고 나서 후련했는데 이렇게 대꾸하더라고. “형, 나보다 나이

많은 거 맞수?" "떫으면 네가 형해라." 그랬는데 지금 생
각해보니 아무리 두 살 차이의 아우지만 내게 "너, 언제
철들래?" 하는 소리였다는 생각이 드네.

둘째가 물어봤대.

"에구, 녀석아. 잘 뛰었다면서 도중에 왜 그랬어?"

답변은 이랬대. 2등한 아이가 공부는 잘하는데 너무 잘
난 체해서 친구가 없대. 농구, 축구할 때도 다른 아이들
이 안 끼워준다는 것이었어. 그래서 애는 공부도 잘하고
운동도 잘한다는 것을 알려줘서 같이 어울려 놀려고 그
랬다는 거야. 그리고 1등한 아이는 공부도 운동도 아이들
과 어울리는 태도도 그렇고 해서 소외 비슷한 것을 당하
는 아이였대. 우리가 보기에도 큰아이가 꽤 앞서 있었잖
아. 그런데 뛰다가 문득 뒤돌아보니 자기 뒤에서 '이를
악물고' 땀을 뻘뻘 흘리며 달려오더라는 거지. 그래서 슬
그머니…….

그거 참! 그 말을 믿어야 할지 말지. 기특하게 여겨야
할지 말지.

그대도 이 사실에 대해서는 몰랐지? 큰놈이 절대 이야
기 안 했지? 나도 이 부분에 대해서는 입을 열 필요가
없다는 생각을 하다가 이제야 털어놓는 것이야. 사실 나
는 그 말을 전해 들으면서 녀석이 좀 징그럽다는 생각이

들었거든. 그게 당시 초등학교 6학년의 국량局量으로서
가능한 것인지 의문도 생겼고 말이야. 그런데 내 아우는
기질이 무척 낭만적인 인간이잖아. 보나마나 그 말을 듣
고 입이 찢어질 만큼 웃으며 좋아했을 게 뻔해. 자기의
이 장조카가 너무 대견하고 기특했겠지. 쌈짓돈 중에서
파란지폐 석 장을 선뜻 쥐어줬대. 아이들에게 고액권 쥐
어주는 습관 버리라는 내 핀잔을 항상 들었으면서도 말
이지. 등 두드려줬대. 작은놈 또 입이 삐죽 튀어나왔대.
내버려뒀대. 지폐 석 장 중에서 한 장쯤은 제 형에게서
나눠받을 것으로 믿었대.

기억해? 그날 어디에선가 형제가 한참을 더 놀다가 들
어왔으면서도 집에 들어오면서 작은놈이 폭로하던 일.

"아빠, 작은아빠는 형아만 예뻐해. 작은아빠는 나빴어!
형아도 나빴어!"

그러면서도 제 형이 받은 용돈을 혼자 '꿀꺽'했다는 말
은 하지 않던 일. 말하자면 이것은 제 숙부의 배려에서
자기는 도외시된 느낌이 든다는 항의였어. 듣던 그대가
뾰족한 소리를 냈지? 늘 듣던 리릭 소프라노가 아니었어.
상당히 드라마틱한 발성이더라고.

"시끄러, 맹꽁아! 4등한 놈이 뭘 잘했다고 큰소리야, 큰
소리는? 형아는 그래도 등수 안에는 들었잖아!"

그 대꾸는 서열에 대한 분명하고도 확실한 분간이었어. 사랑을 나누는 함량에 차이를 두는 것은 아니었지만. 그러면서 튀겨 놓은 탕수육을 또 힘껏 먹여줬던가?

4

이상하군. 그렇게 아이들을 끌어안고 있던 그대는 하늘나라에 먼저 갔는데, 이 글을 정리하는 내 심경이 많이 담담해져 있는 것을 발견하게 되다니. 큰아이가 기대치에서 많이 벗어나 있지는 않다는 안도감 때문일까? 작은 녀석 역시 기대치에 충분히 닿으리라는 믿음이 있어서? 아비가 자기들에게 하는 기대가 외형적인 것보다는 참으로 사람을 사랑할 수 있는 성품으로 자라주기를 바란다는, 관계성을 맺고 있는 이들에게 신뢰와 존중을 받을 수 있는 인격으로 성장해주기를 바란다는 것을 아이들이 인식하고 있다는 신뢰로? 그럴 때마다 아이들의 성품과 소질을 가만히 생각해보게 돼. 우리 큰아들은 어렸을 때부터 온순하고 착해서 어른들께 칭찬을 들었어. 그런데 그 내면이 의외로 굳건하단 말이야. 자기주관이 반듯해. 소위 말하는 립 서비스에도 흔들리지 않아. 그래서인지 그 의식구조와 가치관을 정말 신뢰하게 만들어. 벌써 사내의 틀을 지닌 대학생이 되었네. 전에는 이런 말을 하며 픽,

웃더군. "넌 나한테 딱! 이야." 같은 과에 아주 미모인 선배누나가 했다는 말. 느낌을 물었더니 대답은 "별로"라는 것이었어. 소위 말해서 Feel이 안 와 닿는다는 것이지. 그 언행심사에서 노출되는 부분이 자기가치관과 괴리감이 느껴진다는 뜻 같았어. 그래서 "얌마, 눈높이 좀 낮춰." 그러고 말았지. 이제 군복무를 마치게 되면 심신이 더욱 튼튼히 단련된 사내의 모습이 되겠지? 많이 기대할 수 있는 아들이야. 또 우리 작은아들은 결핍이나 위축을 느끼지 않는 태도야. 분명하고 당당한 모습이 사람을 늘 상쾌하게 만들어. 기상이 꿋꿋하면서도 의외로 세심한 부분을 지녔고. 이런 아이들이 굴절된 시각과 뾰족함으로 시달리는 이 사람의 아들이라는 것에는 과분하다는 생각도 들어. 이렇게 아이들을 양육할 수 있도록 위임해주신 하나님의 선물이 너무 크다고 느껴져. 더없는 축복이라고 생각해. 그렇기 때문인지는 모르겠어. 사람들과 함께 아이들에 대한 이야기를 하게 되면 신바람이 나지. 자식 자랑은 팔불출이라지만, 그런 말을 들어도 아무렇지 않아. 그런데 말이야, 그렇다 한들……. 사실……. 나는 늘 그대가 보고 싶어.

무제無題

詩/ 박 정규

아직은 닿을 수 없는 거기
그대 산다는 섬에 가고 싶다
채워지지 않는 이 허기
벗어나고 싶다
사람아,
이 말을 듣고는 있는지

끝.

· 저자 ·

박정규

csookim@pknu.ac.kr

•약 력•

시인의 저서로는 시집『별은 아스피린이다』
『소프라노의 뜰』과 시론집『박정규의 시 쓰
는 이야기』등이 있다. 총회신학교(합동보
수)에서 심리학과 설교문장론을 가르치기
시작했는데, 아직은 육체노동을 해야 할 일
이 더 남았다며 그것을 겸하고 있다.

변심했던 아내를 기억함

• 초판 인쇄	2008년 10월 7일
• 초판 발행	2008년 10월 7일
• 지 은 이	박정규
• 펴 낸 이	채종준
• 펴 낸 곳	한국학술정보㈜
	경기도 파주시 교하읍 문발리 513-5
	파주출판문화정보산업단지
	전화 031) 908-3181(대표)·팩스 031) 908-3189
	홈페이지 http://www.kstudy.com
	e-mail(출판사업부) publish@kstudy.com
• 등 록	제일산-115호(2000. 6. 19)
• 가 격	30,000원

ISBN 978-89-534-0294-2 88800 (Paper Book)
　　　 978-89-534-0299-7 98800 (e-Book)